사피엔스 한국문학	이범선
중·단편소설	학마을 사람들
25	갈매기
	오발탄

사피엔스21

사피엔스 한국문학 중·단편소설 25
이범선 학마을 사람들

초판 1쇄 펴낸날 2014년 5월 26일

지은이 이범선
엮은이 김경원
펴낸이 권일경
본문 일러스트 이경하
펴낸곳 (주)사피엔스21
주소 121-842 서울시 마포구 동교로 18길 20
전화 02)587-5777(代) **팩스** 02)587-5934
출판등록 제22-3070호
ISBN 978-89-6588-194-0
ISBN 978-89-6588-072-1 (세트)

*파본은 교환해 드립니다.
*이 책에 실린 모든 내용에 대한 권리는 (주)사피엔스21에 있으므로 무단으로 전재하거나 복제, 배포할 수 없습니다.

이
범
선

● 학마을 사람들
　갈매기
　오발탄

에스피엑스 한국문학 중·단편소설 25 | 엮은이·김경원

사피엔스 한국문학 - 중·단편소설을 펴내며

　『사피엔스 한국문학』은 청소년과 일반 성인이 한국 문학을 대표하는 작가들의 대표 작품을 편하게 읽으면서도 한국 현대 문학의 흐름을 이해하는 데 다소라도 도움이 되도록 기획한 선집(選集)입니다. 이미 다수의 한국 문학 선집이 시중에 출간되어 있으나, 이번 선집은 몇 가지 점에서 이전 선집들과의 차별화를 시도하였습니다.

　첫째, 안정되고 정확한 텍스트를 독자에게 제공하는 데 주안점을 두었습니다. 문학 작품은 말 그대로 언어라는 실로 짠 화려한 양탄자입니다. 더군다나 한국 문학을 대표하는 작가들의 대표 작품들이라면 두말할 나위가 없겠지요. 이들 작품을 감상하는 데 있어서 정확하면서도 편안한 텍스트를 제공하는 것은 선집이 지녀야 할 핵심 덕목이라고 할 수 있습니다. 그래서 이번 선집은 각 작품의 최초 발표본과 작가 생애 최후의 판본, 그리고 가장 최근에 발간된 비판적 판본(critical version) 등을 참조하여 텍스트에 정확성을 최대한 기하되, 현대인이 읽기 쉽도록 표기를 다듬었습니다. 또한 낯설거나 어려운 낱말에 대한 풀이를 두어서 작품 감상의 흐름이 끊어지지 않고 작품에 자연스럽게 몰입할 수 있도록 편집하는 데 많은 노력을 기울였습니다.

둘째, 선집에 포함될 작가와 작품을 선정하는 데 고심에 고심을 기울였습니다. 물론 기존 문학 선집들의 경우에도 작가 및 작품 선정에 그 나름의 고심을 기울였을 것입니다. 하지만 문학 선집이라는 것은 시대의 흐름과 독자의 취향, 현대적 문제의식 등을 종합적으로 고려해야 하는 것이어서, 시간이 지나고 세상이 바뀌면 작가 및 작품의 선정 기준과 원칙도 달라질 수밖에 없습니다. 이번 선집은 이러한 점들을 고려하여 작가와 작품을 엄선하되, 오늘을 살아가는 청소년과 일반 성인들이 갖고 있는 문제의식 및 취향에 부합할 수 있도록 노력하였습니다.

셋째, 청소년을 위한 최선의 한국 문학 선집이 될 수 있도록 하였습니다. 오늘날 세상은 디지털 문명으로 매우 빠르게 흘러가고, 우리 청소년들은 입시의 중압감과 온갖 뉴미디어의 홍수 속에서 자칫 마음을 키우고 생각을 넓히는 데 소홀해지기 쉽습니다. 이러한 정보의 홍수와 경쟁의 급류 속에서 문학은 자칫 잃기 쉬운 성찰의 기회를 제공해 줍니다. 시대와 호흡하면서 인간의 삶이 제기하는 다양한 문제를 다채롭게 형상화한 작품을 읽으며, 그 작품 속에 그려진 세상과 인물에 공감하면서 때로는 충격을 받고, 때로는 고민에 휩싸이며, 그 속에서 새로운 자아를 발견하는 과정을 통해 청소년들이 깊은 생각과 넓은 마음을 키울 수 있을 것이라 확신합니다. 작품별로 자세한 해설을 달고 그 해설에서 문학 교육의 핵심 내용을 비중 있게 다룬 것 또한 청소년 독자를 위한 배려에서 비롯된 것입니다.

문학 선집을 엮는 일은 두렵고도 설레는 일입니다. 감히 작가와 작품을 고른다는 것도 두려운 일이었거니와, 이 선집을 시대가 요구하는 최고의 선집으로 만들어야겠다는 사명감도 이번 문학 선집을 엮는 과정에서 저희 엮은이들과 편집자들의 어깨를 짓누르는 한편 가슴 벅찬 기대를 품게 만들었습니다. 부디 이 선집으로 많은 이들이 한국 문학의 정수(精髓)를 만끽하길 바랍니다. 그리고 날카로운 질책과 따스한 성원을 아울러 기대합니다.

끝으로 이 자리를 빌려 물심양면으로 선집의 출간을 뒷받침해 주신 (주)사피엔스21의 권일경 대표 이사님 이하 편집부 직원 모두에게 감사를 드립니다. 또한 이 선집을 위해 작품의 출간을 허락하신 작가들과 저작권을 위임받아 여러 편의를 제공해 준 한국문예학술저작권협회 측에도 감사의 말을 전합니다.

엮은이 대표_신두원

일러두기

1. 수록 작품은 최초 발표본과 작가 생애 최후의 판본, 그리고 가장 최근에 발간된 비판적 판본(critical version) 등을 참조하여 텍스트를 확정했습니다. 참조한 판본은 작품 뒤에 밝혔습니다.
2. 한 작가의 작품 배열은 청소년들의 눈높이와 문학사적인 지명도를 고려하여 그 순서를 정하였습니다.
3. 뜻풀이가 필요하다고 판단되는 낱말과 문장은 본문 아래쪽에 그 풀이를 달았습니다.
4. 표기는 원문에 충실히 따르는 것을 원칙으로 하되, 맞춤법과 띄어쓰기는 최대한 현행 표기법을 따랐습니다. 단, 해당 작가만의 개성이 묻어 있는 말이나 방언, 속어, 고어 등은 최대한 원문대로 살려 놓았습니다.
5. 위의 원칙들은 작가에 따라, 지문과 대화에 따라, 문체에 따라, 문맥에 따라 적용의 정도가 달라질 수 있습니다.

차례

간행사 4

학마을 사람들 10
갈매기 58
오발탄 96

작가 소개 168

학마을 사람들

이 작품은 전통적인 농촌 마을인 학마을을 배경으로 일제 식민지, 해방, 6·25 전쟁 등 역사의 소용돌이를 겪는 가운데 상서로운 새로 여겨지는 학의 운명에 따라 마을 사람들에게 닥치는 행복과 불행을 그리고 있는 작품입니다. 과연 학마을 사람들은 학과 더불어 전쟁으로 파괴된 공동체의 질서를 회복하고, 다시 예전과 같은 평화롭고 평안한 삶으로 되돌아갈 수 있을까요?

자동차 길엘 가재도 오르는 데 십 리, 내리는 데 십 리라는 영(嶺)˙을 구름을 뚫고 넘어, 또 그 밑의 골짜기를 삼십 리 더듬어 나가야 하는 마을이었다.

　강원도 두메˙의 이 마을을 관(官)˙에서는 뭐라고 이름 지었는지 몰라도 그들은 자기네 곳을 학마을〔鶴洞〕이라고 불렀다.

　무더기무더기 핀 진달래꽃이 분홍 무늬를 놓은 푸른 산들이 사면을 둘러싼 가운데 소복이 일곱 집이 이 마을의 전부였다. 영마루˙에서 내려다보면 꼭 새 둥우리 같았다. 마을 한가운데는 한 그루 늙은 소나무가 섰고, 그 소나무를 받들어 모시듯, 둘레에는 집집마다 울안에 복숭아꽃이 활짝 피어 있었다.

영(嶺) 길이 나 있어서 넘어 다닐 수 있는, 높은 산의 고개.
두메 도시에서 멀리 떨어진 깊은 산골이나 사람이 많이 살지 않는 변두리.
관(官) 정부나 관청.
영마루(嶺--) 고개의 맨 꼭대기.

때때로 목청을 돋우어 길게 우는 낮닭의 소리를 받아, 우물가 버드나무 밑에서 애들이 부는 버들피리 소리가 피리 피리 필릴리 아득히 영마루에까지 아지랑이를 타고 피어올랐다.

이 학마을 이장(里長) 영감과 서당의 박 훈장(朴訓長)은 지팡이로 턱을 괴고 영마루에 나란히 앉아 말없이 마을을 내려다보고 있었다.

그들은 둘이 다 오늘 아침 면사무소 마당에서 손자들을 화물자동차에 실어 보내고 돌아오는 길이었다. 왜놈들은 끝내 이 두메에서까지 병정을 뽑아내었던 것이었다.

두 노인의 흐린 눈들은 꼭같이 저 밑에 마을 한가운데 소나무를 물끄러미 내려다보고 있었다. 그들은 아침부터 지금 낮이 기울도록 삼십 리 길을 같이 걸어오면서도 거의 한마디도 말이 없었다.

이윽고 이장 영감이 지팡이와 함께 쥐었던 장죽으로 걸터앉은 바윗등을 가볍게 두들기며 입을 열었다.

"학이 안 오는 지가 벌써 삼십 년이 넘어."

"그렇지, 올에 삼십육 년쨴가?"

박 훈장은 여전히 마을을 내려다보는 채였다.

낮닭 낮에 우는 닭이라는 뜻으로, 울 때가 아닌데 우는 닭을 이르는 말.
이장(里長) 지방 행정 구역의 단위인 '리(里)'를 대표하여 일을 맡아보는 사람.
훈장(訓長) 글방의 선생.
장죽(長竹) 담배를 피우는 데 쓰는 긴 담뱃대.

"내가 마흔넷에 나던 해니까, 그렇군, 꼭 서른여섯 해째군. 하……."

이장 영감은 장죽에 담뱃가루를 담으며 한숨을 쉬었다. 또다시 그 느릿느릿한 잠꼬대 같은 대화마저 끊어졌다.

꼬꼬—.

또 한 번 마을에서 닭이 울었다. 다음은 고요하다. 졸리도록 따스한 봄 햇볕이 흰 무명 주의˙ 등에 간지러웠다. 이장 영감은 갓끈과 함께 흰 수염을 한 번 길게 쓸어내렸다.

학마을. 얼마나 아름답고 포근한 마을이었노.

이장 영감은 어느새 황소 같은 더벅머리˙ 총각으로 돌아가, 이글이글 타오르는 화톳불˙을 돌며 덩실덩실 춤을 추고 있었다.

옛날 학마을에는 해마다 봄이 되면 한 쌍의 학이 찾아오곤 하였었다. 언제부터 학이 이 마을을 찾아오기 시작하였던지는 아무도 모른다. 어쨌든 올해 여든인 이장 영감이 아직 나기 전부터 했다. 또 그의 아버지가 나기도 전부터 했다.

씨 뿌리기 시작할 바로 전에 학은 꼭 찾아오곤 하였다. 그러고는 정해 두고 마을 한가운데 서 있는 노송˙ 위에 집을 틀었다.

주의(周衣) 두루마기. 우리나라 고유의 옷웃으로, 주로 외출할 때 입는다.
더벅머리 더부룩하게 난 머리털.
화톳불 한 곳에 장작 따위를 모으고 질러 놓은 불.
노송(老松) 늙은 소나무.

마을 사람들은 이 노송을 학나무라고 불렀다.

학이 돌아온 날은 학마을의 가장 큰 잔칫날이었다. 학나무 밑에선 호기롭게 떡을 쳤다. 서당에는 어른들이 모여 앉아 술상을 앞에 놓고 길고 느린 노래를 흥얼흥얼하였다. 그러나 가장 즐겁기는 젊은이들이었다. 이 마을 젊은이들이 마음 놓고 술을 마실 수 있는 날은 이 날뿐이었다. 그 외에는 혼인 잔치에서까지도 젊은이들은 술을 마셔서는 아니 된다는 것이 이 학마을의 율법이었다.

그날은 밤이 깊도록 학나무 밑에 화톳불이 이글이글 탔다. 아직 추운 삼월이라 불에 둘러앉은 젊은이들이 탁배기를 사발로 마구 들이켰다. 그러면 마을 처녀들은 이 억배로 마셔대는 탁배기와 안주를 떨어지지 않게 날라 와야 했다. 그런 때면 그 처녀가 화톳불을 싸고 빙 둘러앉은 청년들 중에 누구의 어깨 너머로 술이나 안주를 가운데 상에 넘겨 놓는가가 문제였다. 처녀가 술이나 안주를 누구의 어깨 너머로든지 살짝 넘겨 놓으면 그때마다 일제히 와아 하고 함성을 올렸다. 술에 단 젊은이들의 검붉은 얼굴들이 와그르르 웃으면, 처녀들은 불빛에 빨가니 단 얼굴을 획 돌려 치마폭에 쌌다. 그때 탄실이는 꼭 억쇠―지금 이장 영감의 어깨 너머로 듬뿍듬뿍 안줏거리를 날라다 놓곤 했다. 그

탁배기 '막걸리'의 사투리.
억배 '억병'의 사투리. 한량없이 많은 술. 또는 그만한 술을 마신 상태나 그만한 주량.
달다 1. 열이 나거나 부끄러워서 몸이나 몸의 일부가 뜨거워지다. 2. 흡족하여 기분이 좋다.

러면 또 와아 함성을 올렸다. 억쇠는 슬쩍 뒤를 돌아보았다. 탄실이는 긴 머리채를 흔들며 달아나면서도 억쇠를 향하여 눈을 흘기기만은 잊지 않았다. 억쇠는 그저 즐거웠다. 취기가 올라오기 시작하면 억쇠는 일어나 춤을 추었다. 젓가락으로 두들기는 사발 장단에 맞추어 덩실덩실 돌았다. 어느 해엔가는 잔뜩 취하여 잠방이˙ 띠가 풀린 것도 모르고 춤을 추다 웃음판에 그대로 나가 넘어진 일도 있었다.

학으로 하여 즐거운 이야기는 마을 처녀에게도 있었다.

처녀들도 역시 학이 좋았다.

그네들은 물을 길러 뒷산 밑 박우물˙로 갔다. 그러자면 꼭 학나무 밑을 지나가야 했다. 그런데 어쩌다 학의 똥이 처녀들의 물동이에 떨어지는 일이 있었다. 그러면 그 처녀는 그해 안에 시집을 간다는 것이었다. 그래 나이 찬 처녀들은 물동이를 이고 학나무 밑을 지날 때면 걸음걸이가 더욱 의젓하였다. 한 해에 한둘은 꼭 물동이에 흰 학의 똥을 받았다. 그리고 그들은 틀림없이 그해 안에 시집을 가곤 하였다.

탄실이가 시집을 가던 해도 그랬다. 물방앗간 옆 대추나무 밑에서 자근자근 빨간 댕기를 씹으며,

"학이……."

잠방이 가랑이가 무릎까지 내려오도록 짧게 만든 홑바지.
박우물 바가지로 물을 뜰 수 있는 얕은 우물.

하고 탄실이가 고개를 숙였을 때, 억쇠는 구름 사이 어스름 달을 쳐다보았다. 탄실이는 이미 아버지가 정해 놓은 곳이 있었다. 한참 만에 억쇠는 탄실이의 보동한 손목을 꽉 붙들었다. 그들은 그 길로 영을 넘었다. 호 호, 호 호……. 길가 나무 꼭대기에서 부엉새가 울었다. 그래도 억쇠의 굵은 팔에 안겨 걷는 탄실이는 조금도 무섭지 않았다.

그러나 그것은 시집을 가는 게 아니래서였던지 다음날 아침 그들은 탄실이 아버지한테 붙들리어 다시 돌아왔다. 그리고 그 가을에 탄실이는 단풍 든 영을 넘어 이웃 마을로 시집을 가고 말았고 다음해부터는 학날이 와도 억쇠는 춤을 추지 않았다.

"학이 안 오던 그 해 가물도 심하더니."
"허 참, 나라가 망하던 판에 오죽해."
이장 영감은 장죽과 쌈지를 옆의 박 훈장에게 건네주었다.
이장이 마흔네 살 나던 해였다.
씨 뿌릴 준비를 다 해 놓고 마을 사람들은 학을 기다렸다. 그런데 웬일인지 계절이 다 늦도록 학은 돌아오지 않았다. 그들은 하는 수 없이 학 없이 씨를 뿌렸다. 가물이 들었다. 봄내 여름내 비 한 방울 안 왔다. 모든 곡식은 바삭바삭 말라 버렸다. 마을

보동하다 문맥상 '작고 부드러우며 통통하다'라는 의미인 듯함.
쌈지 담배, 돈, 부시 따위를 싸서 가지고 다니는 작은 주머니.
 부시 부싯돌을 쳐서 불을 피우는 쇳조각.

사람들은 그저 헛되이 학나무만 쳐다보았다. 학나무에는 지난해에 틀었던 학의 둥우리만이 빈 채 달려 있었다.

"학만 있었으면."

마을 사람들은 여느 해에 그렇게도 영험하던 학의 생각이 몹시도 간절하였다. 이런 때면 학은 늘 하늘과 그들 사이에 있어 주었었다.

가물이 들어도 그들은 학나무를 쳐다보았다. 그러면 학이 그 긴 주둥이를 하늘로 곧추고 비오— 비오— 울어 고해 주는 것이었다. 그러면 또 하늘은 꼭 비를 주시곤 했다. 장마가 져도 그들은 또 학을 쳐다보았다. 이번엔 학이 가 가 길게 울어 주기만 하면 비는 곧 가시는 것이었다. 바람이 불 것도 그들은 미리 알 수 있었다. 학이 삭은 나뭇가지를 자꾸 둥우리로 물어 올리면 그들은 곡식을 빨리빨리 거두어들여야 했다.

그러던 그들은 학이 없던 그해, 그렇게 가물이 심해도 어떻게 하늘에 고해 볼 길이 없었다. 그저 그들은 저녁 때 들에서 돌아오다가는 빨간 노을을 등에 지고 그림자처럼 조용히 서서 빤히 석양을 받은 학의 빈 둥우리를 오랜 버릇으로 한참씩 쳐다보고 섰을 뿐이었다.

그러던 어느 날 기다리던 비 대신 기막힌 소문이 날아 들어왔

영험하다(靈驗 - -) 사람의 기원대로 되는 신기한 징험이 있다.
  징험(徵驗) 어떤 징조를 경험함.
곧추다 굽은 것을 곧게 바로잡다.

다. 왜놈들이 이 나라를 빼앗고 나왔다는 것이었다.

　마을 사람들은 며칠 동안 김을 맬 생각도 않고 학나무 밑에들 모여 앉아 멍히 맞은편 산만 바라보고들 있었다.

　그런데 또 한 겹 더 덮쳐 마을 안에 열병이 퍼지기 시작하였다. 한 집 두 집, 부디 젊은 일꾼들이 앓아누웠다. 거의 날마다 곡소리가 들렸다. 학마을은 그대로 무덤이었다.

　다음해 봄도, 또 다음해 봄도 학은 돌아오지 않았고 흉년만이 계속되었다. 그러자 이제 학이 버리고 간 이 학마을에서는 살 수 없으리라는 말이 누구의 입에서부터인지 퍼져 나왔다.

　한 집이 떠났다. 또 한 집이 떠났다.

　그들은 영마루에 서서 한참씩 학나무를 내려다보다가는 드디어 산을 넘어 어디론지 떠나가곤 하는 것이었다.

　근 이십 가구나 되던 마을이 겨우 일곱 집만이 남았다.

　그동안 이장 영감도 몇 번이나 밖으로 나가 살 만한 곳을 찾아보았었다. 그러나 그때마다 번번이 그는 이 학마을을 버리지 못했다. 무쇠 같은 그의 가슴에 첫사랑이 벌겋게 달아오르던 곳이래서만은 아니었다. 그저 어쩐지 이 학마을을 떠나서는 살 수 없을 것만 같았던 것이었다. 빈 둥우리나마 아직 남아 있는 학나무 밑을 떠나서 왜놈들이 들끓는 마당에 어딜 가면 살 수 있

부디　'하필'의 사투리.
곡소리(哭--)　(제사나 장례를 지낼 때) 죽은 사람을 애도하는 뜻에서 소리 내어 우는 울음.

겠는가 하는 생각에서였다. 남아 있는 딴 사람들도 그랬다.

학은 오지 않고 이름만 남은 학마을은 말할 수 없이 고달팠다.

그래도 해마다 봄은 찾아왔다. 아지랑이가 가물가물 타기 시작하면 그들은 양지쪽에 앉아 수숫대로 바자를 엮으며 어린것들에게 가지가지 학 이야기를 들려주는 것이었다. 어린애들에게는 그건 해마다 들어도 재미있는 옛이야기였다. 그러나 이야기하는 어른들에게는 그건 슬픈 추억이었고 또 봄마다 속아 벌써 삼십 년이 지난 오늘까지도 끝내 아주 버릴 수는 없는 희망이기도 하였다.

"그런데 그 학이 어딜 갔을까?"

"알 수 없지."

"살아 있기는 살아 있을까?"

"학은 장생불사(長生不死)라지 않아?"

"장생불사."

이장 영감은 또 한 번 천천히 수염을 내리쓸다 그 끝을 쥐고 내려다보며 중얼거렸다.

쾡, 쾡, 쾡, 쾡, 쾡, 쾡, 쾡.

바로 그때였다. 저 밑에 마을에서 꽹과리 소리가 요란하게 들

바자 대, 갈대, 수수깡, 싸리 따위로 발처럼 엮거나 결어서 만든 물건으로 울타리를 만드는 데 쓰인다.
장생불사(長生不死) 오래도록 살고 죽지 않음.

려왔다. 무슨 일이 일어난 신호였다.

이장 영감은 으쓱 일어섰다. 박 훈장도 담뱃대를 털며 따라 일어섰다. 그대로 꽹과리 소리는 울려 올라왔다. 잠든 듯 고요하던 마을에 새까만 사람의 그림자들이 왔다갔다 하였다. 이장 영감은 눈에다 힘을 주고 마을을 살피고 있었다.

학이다—. 학이다—.

이장 영감은 힐끔 뒤의 박 훈장을 돌아보았다. 박 훈장도 이장 영감을 마주 보았다.

학이다—. 학이다—.

아직 메아리가 길게 꼬리를 떨고 있다. 둘이 다 분명히 들었다. 그러나 둘이 다 꼭같이 자기의 귀에 자신이 없었다. 쾡, 쾡, 쾡, 쾡, 꽹과리 소리가 또 들려왔다. 그들은 얼른 손을 펴 갓양에 가져다 대었다. 하늘을 살폈다. 그러나 그들이 아무리 그 흐린 눈을 비비고 크게 떠도 그저 저만큼 둥실 흰 구름이 한 점 보일 뿐 학은 보이지 않았다. 그들은 한 번 더 눈을 비볐다. 그래도 역시 학은 없었다. 그저 흰 수염만이 그들의 턱에서 가늘게 떨리고 있었다.

그날 과연 학은 마을에 돌아와 있었다. 영을 내려와 비로소 학이 돌아온 것을 본 이장 영감과 박 훈장은 얼싸안고 엉엉 울었다.

갓양 갓양태. 갓모자의 밑 둘레 밖으로 둥글넓적하게 된 부분.

"왔다. 정말 왔어. 으흐흐……."

"영감, 이게 꿈은 아니지 응? 이장 영감, 꿈은 아니지. 으흐흐……."

이장 영감과 박 훈장은 갓이 뒤로 벗겨지는 줄도 모르고 고개를 젖혀 학나무 꼭대기만 쳐다보고 있었다.

쏙 치켜든 긴 주둥이, 이마의 빨간 점, 늘씬히 내뺀 목, 눈처럼 흰 깃, 꼬리께 까만 깃에서는 안개가 피었다. 한 마리는 슬쩍한 다리를 니은(ㄴ) 자로 구부리고 섰고, 또 한 마리는 그 윗가지에서 길게 목을 빼고 두룩두룩 마을을 살펴보고 있었다.

옛날 본 그 학이었다. 꼭 그대로였다. 그들은 자꾸자꾸 솟아 나오는 눈물을 몇 번이고 손등으로 닦았다.

이장 영감과 박 훈장 뒤에 둘러선 마을 사람들의 눈에도 눈물이 글썽 괴어 있었다. 어린애들은 눈앞에 정말 살아 나타난 옛이야기가 그저 신비스럽기만 했다.

"이젠 살았다."

"이제 무슨 좋은 일이 생길 게다."

"용케 마을을 지켰지. 참, 몇십 년인고?"

그들은 무엇인지는 모르는 대로 그저 그 어떤 커다란 희망에 가슴이 뿌듯했다.

학은 부지런히 집을 틀기 시작하였다.

틀다 짚이나 대 따위로 엮어서 보금자리, 둥지, 멍석 따위를 만들다.

유유히 마을 안을 날아 도는 학을 보면 밭에서 산에서 우물가에서 어디든지 마을 사람들은 한참씩 일손을 멈추는 것이었다.

올감자˙ 철이 되자 학은 벌레를 잡아 물고 오르기 시작하였다. 새끼를 깐 것이다.

이젠 또 둘이만 모여 앉으면 그저 학의 새끼 이야기였다. 학이 새끼를 세 마리 까면 그해에는 풍년이 든다는 것이었다. 두 마리면 평년,˙ 한 마리면 흉년.

두 마리라고 하는 사람도 있었다. 아니 분명히 세 마리가 가지런히 둥우리 속에 턱을 올려놓고 어미를 기다리고 있는 것을 보았노라는 아낙네도 있었다. 또 밭의 곡식이 된 품✤으로 미루어 틀림없이 세 마릴 거라고 떠드는 사람도 있었다. 그러면 가만히 듣고 앉았던 노인들은,

"어, 그 바쁘기도 하지. 이제 새끼들이 좀 더 커서 머리가 밖으로 나오기 전에야 누가 아노. 하느님이 하시는 일을."

하고 웃는 것이었다.

올감자 철이 지나고 참외와 옥수수가 한창일 무렵이었다. 학의 새끼는 이제 제법 짝짝 둥우리 속에서 소리를 지르기 시작하였다. 그러다가는 어미 학이 긴 주둥이 끝에 벌레를 물고 돌아와 두 날개를 위로 쑥 쳐들며 흠씰 가지에 와 앉으면 다투어 조

올감자 제철보다 일찍 되는 감자.
평년(平年) 농사가 보통으로 된 해.
✤ 밭의 곡식이 된 품 문맥상, 농작물이 잘되고 못된 상황을 뜻한다.

그마한 주둥이들을 벌리고 짝짝 목을 길게 둥우리 밖에까지 빼내는 것이었다.

분명히 세 마리였다.

틀림없이 풍년일 게라 했다.

가물도 장마도 안 들었다. 논과 밭에는 오곡이 우거졌다. 과연 그해는 대풍이었다. 앞들에서 김매는 사람들이 노래를 부르면 뒷산에서 나무하는 애놈들이 제법 그 다음을 받아넘겼다. 한창 더위도 그 고비를 넘었다. 이제 익기를 기다려 거두어들이기만 하면 그만이었다.

그러던 어느 날이었다. 봄에 왜놈들에게 병정으로 끌려 나갔던 이장네 손자 덕이(德伊)와 박 훈장네 손자 바우가 커다란 왜병의 옷을 그냥 입은 채 마을로 돌아왔다.

"아, 우리나라가 독립을 했어요, 독립을. 그걸 아직두 모르고 있어요?"

이장 영감과 박 훈장은 각각 손자들의 거센 손을 붙들고 또 엉엉 울었다. 내 나라를 도로 찾았대서인지 죽었느리라고 생각했던 손자가 돌아왔대서인지 그것조차 분간할 수 없는 기쁨이 그저 범벅이 되어 자꾸 눈물만 흘러내렸다.

학마을은 한껏 즐겁고 풍성하였다. 집집이 낟가리가 높이 솟

대풍(大豊) 대풍년(大豊年). 농사가 아주 잘된 풍년.
낟가리 낟알이 붙은 곡식을 그대로 쌓은 더미.

앉았다.

앞뒷산에 단풍이 빨갛게 타올랐다. 하늘은 아득히 높아졌다.

학은 세 마리 새끼들에게 날기를 가르치기 시작하였다. 둥우리 기슭에 나란히 올라선 새끼 학들은 어미에게 비하여 그 모양이 몹시 초라하였다. 마을 애들이 웃었다. 그러면 어른들은 곧잘 학의 편이 되어 양반의 새끼는 어려선 미운 법이라 했다.

어미 학이 둥우리 바로 윗가지에 올라서서 뭐라고 길게 한 번 소리를 지르자 세 마리 새끼 학은 일제히 둥우리를 걷어차고 날아났다. 그러나 처음으로 펴 보는 날개는 잘 말을 듣지 않았다. 퍼덕퍼덕 날개는 쳤으나 그건 난다기보다 떨어지는 것이었다. 그들은 이리저리 흩어져 한 마리는 학나무 밑 마당에, 한 마리는 이장네 지붕 위에, 또 한 마리는 제법 멀리 밭 모서리에 선 뽕나무 위에 가 내렸다.

이렇게 그들은 날마다 나는 연습을 했다. 조금씩 조금씩 그 날아가 앉는 곳이 멀어져 갔다. 어제는 우물가에까지 날았었다. 오늘은 저 동구의 물방앗간까지 날았다. 또 오늘은 그 앞 못〔池〕께까지 날았는데 자칫하면 물에 빠질 뻔했다. 마을 사람들은 마치 자기네 어린애의 재롱을 사랑하듯 하였다.

드디어 그들은 저 들 건너편 낭에 쓱 옆으로 솟아 나온 소나무 위에까지 힘들지 않게 날았다. 이젠 모양도 한결 또렷또렷

낭 '벼랑'의 사투리. 낭떠러지의 험하고 가파른 언덕.

해졌다. 한 달쯤 되자 제법 어미들을 따라 보기 좋게 마을 위를 빙빙 날아돌았다. 어쩌다가 날개를 쭉 펴고 다섯 마리의 학이 한 줄로 휘 마을을 싸고 도는 모양은 시원스러웠다.

구월 하순 어느 날 새벽이었다. 학이 여느 날과 달리 요란스레 울었다. 이장 영감은 잠결에 그 소리를 듣고 펄떡 일어났다. 그는 그게 무슨 뜻인지를 잘 알고 있었다. 꽹과리를 쳤다. 마을 사람들은 다들 학나무 둘레에 모였다.

다섯 마리의 학은 가장 높은 가지 위에 가지런히 한 줄로 늘어서 있었다. 이제는 그 긴 다리 색이 어미들보다 약간 노란 기운이 도는 것을 표해 보지 않고는 어미 학과 새끼 학들을 알아낼 수 없을 만큼 컸다.

해가 떴다.

이윽고 그들은 긴 목을 쑥 빼고 뾰족한 주둥이를 하늘로 곧추 올렸다. 맨 큰 학이 두 날개를 기지개를 켜듯 위로 들어 올리며 슬쩍 다리를 꾸부렸다 하자 삐—르 긴 소리를 지르며 흠씰 가지에서 푸른 하늘로 솟아올랐다. 그러자 다음 다음 다음 다음 차례로 뒤를 따랐다. 그들은 멋지게 동그라미를 그리며 마을을 돌았다. 한 바퀴 또 한 바퀴. 점점 높이 올랐다. 이젠 까마득히 하늘에 떴다. 그래도 삐르 삐르 소리만은 똑똑히 들려왔다. 마을 사람들은 꺾어져라 목을 뒤로 젖혔다. 두 손을 펴서 이마에 가져다 햇빛을 가리고 한없이 높고 푸른 가을 하늘을 쳐다보고 있었다. 반짝반짝 다섯 개의 은빛 점이 한 줄로 늘어섰다. 마지막 바퀴를 돌고 난 학들은 그리던 동그라미를 풀며 방향을 앞으로 잡았다. 하나, 둘, 셋, 넷, 다섯. 점이 하나씩 하나씩 남쪽 영마루를 넘어 사라졌다. 마을 사람들은 한참이나 그대로 말없이 그 학들이 사라진 곳을 쏘아보고들 서 있었다.

  다음해 봄에도 학이 돌아왔다. 세 마리 새끼를 쳤다. 또 풍년이었다. 또 다음해 봄에도 학은 왔다. 이번엔 두 마리를 쳤다. 평년이었다. 그해 가을엔 이장네 손자 덕이가 장가를 들었다. 신부는 바로 이웃에 사는 봉네였다. 덕이는 어려서부터 봉네가 좋았다. 그러기 옥수수 같은 것을 꺾어 나눠 먹을 때면 으레 큰 쪽을 봉네에게 주곤 하였다. 바우도 같이 봉네를 좋아했다. 그는 주워 온 밤에서 왕밤만을 골라 봉네를 주곤 하였다.
  그런데 웬일인지 철들며부터 봉네는 아주 쌀쌀해졌다. 물동이를 들고 사립문을 나오다가도 덕이를 보면 홱 돌아 들어가곤 하였다. 덕이에게만이 아니라 바우를 보아도 그런다는 것이었다. 그들은 참 이상한 애라고 웃었다.
  그러던 봉네의 태도가 그들이 왜놈한테 끌려갔다 다시 마을로 돌아온 뒤는 좀 달랐다. 바우더러는 돌아왔구나 하며 웃더라는데 덕이한테는 안 그랬다. 여전히 싸늘했다. 물을 길러 가자면 하는 수 없이 이장네 바깥 마당 학나무 밑을 지나야 하는 봉

사립문(--門) 잡목의 가지를 엮어서 만든 문짝을 단 문.

네는 몇 번이나 덕이와 마주쳤다. 그럴 때면 덕이가 미처 무슨 말을 찾기도 전에 푹 고개를 수그리고 인사는커녕 쳐다도 안 보고 휙 비켜 지나가 버리는 것이었다. 덕이는 이런 봉네가 몹시도 섭섭했다.

그렇게 거의 두 해를 지내오던 어느 날이었다. 산에 가 나무를 해 지고 내려오던 덕이는 마을 뒤 참나무 숲속에서 봉네를 만났다. 이번엔 덕이 편에서 먼저 못 본 체 고개를 수그리고 걸었다. 그런데 그가 바로 봉네 코앞에까지 가도 그네는 꼼짝도 않고 서 있었다. 덕이를 보기만 하면 얼굴을 돌리고 달아나던 마을 안에서의 봉네와는 달랐다. 덕이는 비로소 눈을 들었다. 그제야 봉네는 한 걸음 옆으로 비켜 섰다. 여전히 덕이를 건너다보고 있는 그네의 눈에는 스르르 윤기가 돌았다. 덕이는 길가에 나무 지게를 벗어 버텨 놓았다.

"어디 가니?"

"……."

봉네는 앞으로 다가서는 덕이의 얼굴을 빤히 건너다볼 뿐 대답이 없었다. 덕이도 그저 봉네의 까만 눈을 들여다보고 섰는 수밖에 없었다. 봉네의 눈동자에는 점점 더 윤이 피었다. 그네의 눈동자 속에 푸른 하늘이 부풀어 오른다 하는 순간 따르르 눈물이 뺨을 굴렀다.

윤(潤) 윤기(潤氣). 물체의 표면에 나타나는 반질반질하고 매끄러운 기운.

"학이……."

옛날 학마을 처녀 탄실이가 하던 그대로의 외마디 말이었다. 봉네는 가만히 고개를 떨어뜨렸다. 무명 적삼이 젖가슴에 찢어질 듯 팽팽하였다. 덕이는 봉네의 머리에서 새크무레한 땀내를 맡았다.

이장 영감은 종일 사랑방 벽에 뒷머리를 기대고 앉아 조용히 눈을 감고 있었다. 언제나 무슨 괴로운 일이 있을 때면 하는 그의 버릇이었다.

할아버지에게 봉네 이야기를 하고 제 뜻을 말하는 손자 덕이 놈은, 무턱대고 탄실이와 영을 넘던 억쇠, 자기보다 훨씬 영리한 놈이라 생각하였다. 그러지 않아도 이장 영감은 봉네의 심정을 덕이보다도 먼저 눈치채고 있었다. 그와 함께 또 바우의 봉네에게 대한 숨은 정도 알고 있는 이장 영감이었다. 그래 덕이가 봉네 이야기를 할 때 그는 아무런 대꾸도 하지 않고 그저 듣고만 있었다.

될 수만 있다면 봉네는 딴 마을로 시집을 보내고 싶었다.

덕이, 봉네, 바우. 이장 영감에게는 그들이 다 꼭같은 자기의 손자 손녀처럼 생각이 드는 것이었다. 그 셋 가운데 누구에게도

적삼 윗도리에 입는 홑옷. 모양은 저고리와 같다.
새크무레하다 조금 신 맛이 있는 듯하다.

쓰라린 상처를 주고 싶지 않았다.

저녁때가 거의 되어서야 이장 영감은 가만히 눈을 떴다. 마음을 작정하였다. 봉네는 그 옛날 탄실이어서는 안 된다 했다. 또 그로 해서 설사 무슨 변이 있다 해도 덕이의 일생이 또 억쇠 자기의 평생처럼 텅 빈 것이 되어서는 안 된다 했다.

그 가을에 덕이와 봉네의 잔치가 있었다. 그런데 그 잔치 전날 밤 바우는 마을에서 사라졌다. 그의 홀어머니도 또 늙은 할아버지 박 훈장도 몰랐다. 그러나 이장 영감만은 짐작하고 있었다. 그는 또 종일 사랑방 벽에 뒷머리를 기대고 앉아 조용히 눈을 감고 있었다.

그해에도 골짜기의 눈이 녹고 진달래가 피자 학이 찾아왔다. 예년처럼 부지런히 집을 틀고 새끼를 깠다. 두 마리의 어미 학은 쉴새없이 벌레를 물어 올렸다. 그때마다 두 마리 새끼가 노랑 주둥이를 내둘렀다. 올해에도 평년작은 된다고들 우선 흉년을 면한 것을 기뻐했다. 그러던 어느 비 내리는 아침이었다. 학 나무 밑에 아주 어린 학의 새끼 한 마리가 떨어져 죽었다. 아직 털도 채 나지 않은 학의 새끼는 머리와 눈만이 유난히 컸다.

"허, 그 참 흉한 일이로군."

이장 영감과 박 훈장은 몹시 불길한 예감에 사로잡혔다. 이런 일은 적어도 그들이 아는 한에서는 일찍이 없었던 일이었다. 참새는 긴 장마철에 미처 먹이를 댈 수 없으면 그중 약한 제 새끼를 골라 제 주둥이로 물어 내버리는 수가 있다. 그러나 학이 그런 잔혹한 짓을 한 일을 보지 못했었다. 그건 필시 무슨 딴 짐승의 짓이라 했다. 어쨌든 그게 학 자신의 뜻에서였건 또는 딴 짐승의 짓이건 간에 이제 이 학마을에는 반드시 무슨 참변이 있을 게라고 다들 말없는 가운데 더욱 더 무거운 불안을 느끼고들 있었다.

과시 무서운 변이 마을을 흔들고야 말았다. 그 일이 있은 지 한 달도 채 못 되어서였다. 별안간 하늘이 무너지고 산이 온통 갈라지는 것이었다. 마을 사람들은 모두 문을 걸고 집 안에 틀어박혔다. 덜덜 떨며 문틈으로 밖의 학나무를 살폈다. 학도 둥우리 안에 들어앉아 조용하였다.

밤낮 이틀이나 온 세상을 드르룽드르룽 흔들었다. 사흘째 되던 날부터 그 소리가 차츰 남쪽으로 멀어 갔다. 마을 사람들은 하나둘 밖으로 나왔다. 학의 동정부터 보았다. 한 마리는 여전히 둥우리 안에 들어 새끼를 품고 앉았고, 한 마리만이 바로 그 윗가지에 한 다리를 꼬부리고 나와 있었다.

그날 저녁때였다. 마을에는 또 딴 일이 벌어졌다. 난데없는 누런 옷을 입은 사람들이 북쪽 영을 넘어 마을로 들어왔다. 쉰

참변(慘變) 끔찍하고 참혹한 변고.
　변고(變故) 갑작스러운 재앙이나 사고.
과시(果是) 과연(果然). 아닌 게 아니라 정말로.
동정(動靜) 일이나 현상이 움직이거나 벌어지고 있는 낌새.

명도 더 넘는 그들은 개시 어깨에 총을 메고 있었다. 그들은 이 마을 사람들을 해방시키러 왔노라고 했다. 그러나 마을 사람들은 그 해방이란 말의 뜻을 잘 알 수 없었다. 박 훈장마저 알기는 알면서도 어딘지 잘 모를 이야기라 했다. 그렇게 그들이 하루, 마을에 머물고 남쪽으로 나가면 이어서 또 딴 패들이 밀려 들어왔다. 그들은 꼭 같은 이야기를 하고 갔다. 이렇게 몇 차례를 겪고 나서야 마을 사람들은 그 아무나 보고 동무 동무 하는 그들이 북한 괴뢰군인 것을 알았고, 또 큰 싸움이 벌어진 것도 알았다.

마을 사람들은 이제야 비로소 학이 새끼를 물어 내버린 뜻을 알 것 같았다.

몇 차례나 들르던 그 괴뢰군 패가 좀 뜸했다. 그런 어느 날 박 훈장네 바우가 소문도 없이 마을로 돌아왔다. 서울서 무슨 공장엘 다니다 왔노라는 바우는 전엔 없던 흠이 오른쪽 이마에서 눈썹까지 죽 굵게 그어져 있었다.

몇 해 밖에 나가 있은 바우는 여간 유식해진 것이 아니었다. 그는 학마을 사람들이 모르는 일을 많이 알고 있었다. 김일성 장군도 알았다. 인민군이란 것도 알고 있었다. 그 밖에도 마을 사람들에게는 물론이려니와 박 훈장도 모를 말을 곧잘 지껄였

개시(皆是) 모두 다.
괴뢰군(傀儡軍) 꼭두각시처럼 조종하는 대로 움직이는 군대. 특히 북한 인민군을 소련의 꼭두각시로 비난하여 이르던 말이다.
인민군(人民軍) 1. 인민으로 조직된 군대. 2. 북한의 군대. 여기에서는 2의 의미로 쓰임.

다. 착취니 반동이니 영웅적이니 붉은기니 하는 따위 말들은 그가 마을 아낙네들에게까지 함부로 쓰는 동무라는 말과 같이 우리말이니 어찌어찌 알 듯도 하였다. 그러나 그 밖에도 이건 무슨 수작인지 도무지 모를 말도 바우는 아는 모양이었다. 스탈린, 소련, 유엔, 탱크. 그뿐이 아니었다. 바우는 또 밖에 나가 있는 동안에 매우 훌륭해진 모양이었다. 그는 사날에 한 번씩은 꼭꼭 근 사십 리 길이나 되는 면엘 다녀왔다. 그러고는 마을 사람들을 모아 놓고 싸움 형편을 전했다. 그때마다 연방 해방이란 말을 썼다. 그러던 어느 날이었다. 누런 군복을 입고 어깨에 총을 멘 사나이 셋이 학마을로 들어왔다. 그러고는 이장을 찾는 것이 아니라 박 동무를 찾았다. 마을 사람들은 박 동무라는 사람은 이 마을에 없노라고 했다. 그들은 다시 박바우라고 했다. 그때에야 바우를 찾는 줄을 알았다. 그리고 또 바우가 그들과 한패라는 것도 알았다. 그들은 마을 사람들을 학나무 밑에 모았다. 그리고 긴 연설을 늘어놓고 나서 바우를 앞에 내다 세웠다. 이제부터는 박 동무가 이 부락의 인민위원장이라고 했다. 인민

착취(搾取) 계급 사회에서 생산 수단의 소유자가 생산 수단을 갖지 않은 직접 생산자로부터 노동의 성과를 무상으로 취하는 일. 마르크스 경제학의 기본 개념 중 하나다.
반동(反動) 1. 어떤 작용이나 움직임에 대하여 그 반대로 일어나는 작용이나 움직임. 2. 역사의 진보나 발전에 역행하여 구체제를 유지하거나 회복하려는 입장이나 정치 행동. 또는 그러한 입장을 지닌 사람.
붉은기(--旗) 노동 계급의 혁명 사상을 상징하는 깃발. 여기에서는 '공산주의를 상징하는 깃발'을 의미함.
사날 사나흘. 사흘이나 나흘.
연방(連方) 연속해서 자꾸. 또는 잇따라 자꾸.

위원장이란 무어냐고 묻는 마을 사람들에게 그들은 그게 바로 이 마을의 가장 높은 사람이라고 했다. 모를 일이었다. 학마을에서는 제일 나이 많은 남자가 이장 일을 보아야만 했고, 또 그 이장이 학마을의 제일 어른이었다. 그러나 다음날부터 바우는 마을에 제일 높은 사람 행세를 정말로 하기 시작하였던 것이다. 박 훈장이 보다못해 그를 붙들고 나무랐다. 바우는 낯을 잔뜩 찌푸렸다. 할아버진 아무것도 모르니 제발 가만히 계시라고 했다. 그리고 보니 박 훈장 생각에도 영 어찌 되는 셈판인지 알 수가 없는 일이었다.

바우는 더욱 자주 면엘 다녀 나왔다. 그리고는 하루에 두 번씩 마을 사람들을 학나무 밑에 모았다. 소위 회의를 한다는 것이었다. 그러나 마을 사람들은 잘 모이지를 않았다. 그러면 바우는 반동이 무언지 반동 반동 하고 목에 핏대를 세웠다. 그래도 마을 사람들은 잘 안 모였다. 그것도 그럴 것이 마을 사람들 사이에는 학이 전에 없이 새끼를 물어 떨어뜨리자 밀려 들어온 그들은 어쨌든 이 학마을을 잘되게 해 줄 사람들이 아닌 것만은 분명하다는 말이 퍼지고 있었던 까닭이었다. 이런 사유를 안 바우는 그 길로 면으로 달려갔다. 그리고는 저녁때가 거의 되어 그는 어깨에 총을 해 메고 돌아왔다. 그는 곧 또 마을 사람들을 불러 모았다. 몇 사람이 총을 멘 바우를 구경한다고 모였다. 그

셈판 어떤 일이 벌어진 형편이나 그 까닭.

자리에서 바우는 또 떠들어 대었다. 이마의 흉터가 더욱 험상스레 움직였다. 사업을 방해하는 자는 누구든지 다 반동이라며 큰 소리를 질렀다. 그리고 반동은 사정없이 숙청해야 한다고 했다. 그런 의미에서 이 마을에서는 우선 저 학부터 처치해야 한다고 하며 학나무 꼭대기를 가리켰다. 그는 천천히 돌아섰다. 학나무 그루에 세워 놓았던 총을 집어 들었다. 철커덕 총을 재었다. 총부리를 들어 올렸다.

"바우!"

옆에 섰던 덕이가 바우의 팔을 붙들었다. 바우는 흠이 있는 오른쪽 눈썹을 쓱 치켜올리며 덕이의 얼굴을 쏘아보았다.

"놔!"

바우는 덕이의 손을 뿌리쳤다. 덕이는 꽉 빈 주먹을 쥐었다.

학은 두 마리 다 바로 머리 위 가지에 앉아 있었다. 바우는 총을 겨누었다. 마을 사람들은 숨을 딱 멈추었다. 얼굴들이 새파래졌다. 무서운 일이었다. 그러나 누구 하나 감히 바우의 총 앞으로 나서는 사람이 없었다.

타다당!

총소리가 쨍 사면의 산을 흔들었다. 학은 훌쩍 날아났다. 그러면 그렇지 하는 마을 사람들은 얼른 바우의 얼굴부터 살폈다.

숙청하다(肅淸--) 정치 단체나 비밀 결사의 내부 또는 독재 국가 등에서 정책이나 조직의 일체성을 확보하기 위하여 반대파를 처단하거나 제거하다.
치켜올리다 '추켜올리다'의 사투리. 위로 솟구어 올리다.

그런데 어찌 된 일일까? 분명히 두 마리 다 훌쩍 위로 떠오르는 것을 보았는데 펑 하는 소리와 함께 날개를 축 늘어뜨린 한 마리가 땅바닥에 떨어졌다. 마을 사람들은 정신이 아찔하였다. 아무도 말이 없었다.

그때였다. 앓고 누웠던 이장 영감이 총소리를 듣고 비틀비틀 밖으로 나왔다.

"무슨 일이냐?"

다들 그리로 돌아섰다. 여전히 아무도 말이 없었다. 이장 영감은 긴 눈썹 밑에 쑥 들어간 눈으로 한 번 휘 마을 사람들을 둘러보았다. 그러다 그는 저만치 땅바닥에 빨래처럼 구겨 박힌 학의 주검을 보았다. 이장 영감의 여윈 볼이 실룩실룩 움직였다.

"학이! 누가 학을……"

무서운 노여움이 찬 소리였다. 이장 영감은 팔을 허우적거리며 학이 쓰러진 쪽으로 한 걸음 옮겨 놓았다. 그러나 다음 또 한 발을 내디디다 말고 푹 그 자리에 까무러치고 말았다.

그날 밤 하늘엔 어스름 달이 떴다. 남은 한 마리의 학은 미쳐 울었다. 끼역 끼역 긴 목에서 피를 토하듯 우는 학의 소리는 온몸에 소름이 쪽쪽 섰다. 무엇에 놀라는 것처럼 깍 외마디 소리를 지르며 푸르르 공중으로 솟아오르기도 하였다. 그러고는 밤하늘을 훨훨 날아 마을을 돌며 슬피 슬피 우는 것이었다. 다시 학나무 위에 와 앉아도 보았다. 꼭 거기 아직 같이 있을 것만 같은 모양이었다. 그러고는 달을 향하여 긴 주둥이를 들고 무엇을 고하듯 또 울었다. 마을은 고요하였다. 저주하는 듯 애통한 학의 울음소리만 삐르 삐르 밤하늘에 퍼져 나가 맞은편 산에 맞고는 길게 되돌아 울어 왔다. 누구 하나 이웃을 나오는 사람도 없었다. 그렇다고 자는 것도 아닌 모양, 밤이 깊도록 이 집 저 집에서 기침 소리가 들려왔다.

다음 날 아침에도 바우는 마을 사람들더러 학나무 밑으로 모이라고 했다. 한 사람도 응하는 사람이 없었다. 잔뜩 화가 난 바우는 마을에 다 들리도록 고함을 쳤다.

"반동……. 반동……."

머리 위에서 푸드득 학이 놀라 날아갔다.

반동……. 반동…….

메아리가 길게 흔들리며 어젯밤 학의 울음처럼 바우에게로 되돌아왔다. 바우는 학나무 밑에 서서 한참 덕이네 대문을 흘겨보다 말고,

"흥, 어디 보자."

하고 혼잣말을 뱉고는 영을 넘어 면으로 갔다. 어깨에 가죽끈으로 해 멘 총을 흔들흔들 내저으며.

그날 바우는 마을로 돌아오지 않았다. 다음날도 그는 안 돌아왔다. 마을 사람들은 이번엔 그가 돌아오지 않는 것이 또 궁금하고 불안했다.

그렇게 바우가 다시 마을에서 사라지고 며칠 못 되어, 또다시 그 무서운 소리가 들리기 시작했다. 하늘이 무너지고 산들이

갈라지는 소리. 게다가 이번엔 비행기까지 요란스레 떠다녔다. 이제야말로 정말 끝장이 나느니라 했다. 그런데 이번엔 그 소리가 북쪽으로 멀어져 갔다. 그러자 이장 영감의 약을 지으러 장터에까지 나갔던 덕이는 새 소식을 알아 가지고 돌아왔다. 그 동무 동무 하던 패들이 우리 군대에게 쫓겨 도로 북으로 달아났다는 것과, 그날 면에 나갔던 바우도 그 길로 그들을 따라 북으로 갔다는 것이었다.

다시 학마을은 조용해졌다.

한 마리만 남은 학은 그래도 애써 새끼를 키웠다. 이장 영감은 사랑 툇마루 양지쪽에 나와 앉아 종일 짝 잃은 학만 쳐다보고 있었다. 문병을 온 박 훈장은 학을 쳐다보기가 두려운 듯 멍히 맞은 산만 바라보고 있었다.

"망할 자식 같으니, 어디 가 피를 토하고 자빠졌는지."

혼잣말로 중얼거리는 박 훈장의 말에 이장 영감은 못 들은 체 아무런 대꾸도 없었다.

구월이 되었다. 이제 학의 새끼는 수월히 건너편 낭에까지 날았다. 그날 아침에도 이장 영감은 일어나는 길로 앞문을 열었다. 학나무 꼭대기를 쳐다보았다. 학이 보이지 않았다. 그는 이상한 예감에 가슴이 울렁거렸다. 좀 더 자세히 둥우리를 살펴보았다. 역시 보이지 않았다. 아침부터 날기 연습을 하는가 했다. 그런데 학은 낮이 기울도록 안 보였다.

"갔구나!"

이장 영감은 긴 한숨을 쉬었다. 노해서 간 학은 앞으로 영영 안 돌아올지도 모른다 하는 생각이 스치고 지나갔다. 그는 방에 들어와 목침을 베고 누웠다. 눈을 감았다. 눈물이 주르르 귀로 흘러내렸다.

한창 농사 때에 석 달 동안을 볶여 난 그해는 농작물이 볼 게 없었다.

그대로 겨울은 닥쳐왔다. 사면의 높은 영은 흰 눈으로 덮였다. 빈 학의 둥우리에도 소복이 흰 눈이 쌓였다.

마을 사람들은 산에 가 나무를 해다 며칠에 한 번씩 장거리로 지고 나갔다. 그들은 그저 어서 봄이 오기만 기다리고 있었다. 그런데 섣달 접어들면서부터 멀리 북녘 하늘에서 때때로 우르릉 우르릉 천둥소리가 들려왔다. 필시 그건 무슨 흉조라고들 하였다. 그러던 어느 날 장거리에 나무를 지고 나갔던 마을 사람 한 사람이 헐레벌떡거리며 이장네 집으로 뛰어 들어왔다.

"이장님, 큰일 났습니다. 장거리에서들은 지금 피난을 간다고 야단들이야요. 오랑캐가, 오랑캐가 새까맣게 밀고 나온다고 지금……."

"음."

이장 영감은 수염 속에서 입을 꼭 한일자로 다물었다. 한 번

흉조(凶兆) 불길한 징조.
장거리(場--) 장이 서는 거리.

머리를 주억거렸다. 그리고 스르르 눈을 감으며 벽에다 뒷머리를 기대었다.

"덕이야, 꽹과리를 쳐라."

이윽고 이장 영감은 덕이를 불렀다.

다음 날은 흐릿한 하늘에서 솜 같은 눈송이가 펄펄 내리고 있었다. 마을 사람들은 해 뜰 무렵에 학나무 밑으로들 모였다. 남자들은 지게에 지고 여자들은 머리에 이고. 어린것들은 싸 업기도 하였고 또 손목을 잡고 걸리기도 했다. 이장 영감은 마을 사람들이 다 모일 만해서 밖으로 나왔다. 토시를 손바닥에까지 끌어내려 지팡이를 싸 쥐었다.

"다들 모였나?"

"네, 그런데 저 박 선생님께서는……."

덕이가 어깨에 진 지게를 한 번 추어올리며 대답했다.

"음."

이장 영감은 잠깐 무엇을 생각하는 듯 고개를 숙였다. 박 훈장이 이장 영감 곁으로 걸어갔다.

"영감!"

박 훈장은 지팡이 꼭대기에 올려놓은 이장 영감의 손등을 두 손으로 꼭 싸 쥐었다. 두 노인 손등에 사뿐사뿐 흰 눈송이가 날

토시 추위를 막기 위하여 팔뚝에 끼는 것. 저고리 소매처럼 생겨 한끝은 좁고 다른 한끝은 넓다.

아와 앉았다.

"알지. 내 다 알지."

이장 영감은 고개를 수그린 채 주억주억하였다.

"그래도 내겐 그놈 하나밖에……. 혹시나 돌아올까 해서."

"그럼, 그렇구말구. 내 다 알지."

이장 영감은 그저 고개만 자꾸 주억거렸다. 박 훈장은 이장 영감의 손을 다시 한 번 쓸어 보고 한 걸음 뒤로 물러나 털썩 이장네 마루에 주저앉아 버렸다. 으흐흐흐 하는 박 훈장의 울음소리를 듣지 않으려는 듯이 이장 영감은 마을 사람들에게로 돌아섰다.

"그럼 가자."

이장 영감은 봉네의 부축을 받으며 지팡이를 한 손에 들고 선두에 섰다. 그 뒤를 한 줄로 마을 사람들은 따라 걸었다.

박 훈장은 비틀비틀 학나무 밑으로 나갔다. 그리고 어린애 모양 으흐흐 으흐흐 울며 눈발 속에 사라져 가는 행렬을 언제까지나 바라보고 서 있었다.

남자들 몇 사람을 제외하고는 생전 처음 마을 밖으로 나가는 그들이었다. 정작 영마루에 올라선 그들은 한참이나 마을 쪽을 향하여 서 있었다. 펄펄 날리는 눈발 속에 앞이 뽀얗다. 마을은 이미 보이지 않았다. 그들은 다들 울며 영을 넘어 내려갔다.

눈발 눈이 힘차게 내려 줄이 죽죽 져 보이는 상태.

팔십 리를 걸었다. 그리고 겨우 화물차 꼭대기에 기어올랐다. 빈대처럼 달라붙어 갈 수 있는 데까지 갔다. 부산이었다.

부산은 강원도 두메보다 봄이 일렀다. 한겨울을 그 속에서 난 창고 모퉁이에 파릇한 풀 싹이 돋아 올랐다. 그들은 잊어버렸던 것처럼 새삼스레 마을이 그리웠다. 저녁때 모여 앉으면 그들은 은근히 이장 영감의 얼굴을 살폈다. 이장 영감은 그저 가느스름히 눈을 감고 묵묵히 앉아 있을 뿐이었다.

그러던 어느 따스한 날 그들은 떠났다. 행장들이 마을을 떠날 때보다 더 초라했다. 그뿐만이 아니었다. 사람 수효가 줄었다. 여섯 가구 스물세 사람이던 것이 지금 조그마한 보따리를 지고 이고 나선 것은 열아홉 사람뿐이었다. 봉네의 남동생 하나는 병정으로 뽑혀 나갔고, 어린애 둘은 두부 비지만 먹다 죽었다. 그리고 제일 큰 피해는 부두 노동을 하다 궤짝에 치여 죽은 덕이 아버지였다.

이번엔 기차를 탈 수도 없었다. 걸었다.

올 때만 해도 봉네가 옆에서 좀 거들기만 하면 되었던 이장 영감이었으나, 돌아가는 길에는 덕이와 봉네가 양쪽에서 부축

가느스름하다 조금 가늘다.
행장(行裝) 길을 떠나거나 여행할 때 사용하는 물건과 차림.
비지 1. 두부를 만들고 남은 찌꺼기. 2. 물에 불린 콩을 갈아서 끓인 음식.
궤짝(櫃-) '궤'를 속되게 이르는 말. 물건 따위를 담기 위해 나무로 네모지게 만든 통.

을 해야 했다. 처음 오십 리, 다음날 사십 리, 삼십 리. 점점 줄어지다가는 하루씩 어느 마을에고 들어가 쉬었다. 그러고는 또 이장 영감을 선두로 하고 걸었다. 이장 영감은 점점 쇠약해 갔다. 수염이 기운 없이 축 늘어졌다. 폭 꺼진 두 눈만이 애써 앞을 더듬고 있었다.

"아가, 늙은것이 공연히 널 고생을 시키는구나. 허허허."

길가에 앉아 쉴 때면 혼자 돌아앉아 부어터진 발가락을 어루만지는 봉네의 등을 이장 영감은 가엾게 쓸어 보는 것이었다. 그러면 봉네는 얼른 신을 신고 아무렇지도 않은 듯 앞으로 돌아앉는 것이었다. 웃어 보이려고 해도 어쩐지 자꾸 눈물이 쏟아져 나와 그네는 끝내 고개를 못 들곤 하였다.

보름째 되던 날이었다. 그들은 드디어 영마루에 섰다.

"야, 우리 마을이다."

애들이 제일 먼저 소리를 질렀다. 다들 바위 위에 아무렇게나 주저앉았다. 멍히 저 밑에 마을을 내려다보고 있는 그들의 눈에는 떠나던 날처럼 또 눈물이 징 소리를 내며 괴어 올랐다. 아무도 말이 없는 가운데 그저 여기저기서 코를 들이켜는 소리만 들려왔다.

마을은 변했었다.

학나무는 홈싹 타 새까만 뼈만이 앙상하게 서 있었고, 또 이쪽 이장네 집과 봉네네 집터에는 아직 녹지 않은 흰 눈 가운데 깨어진 장독이 하나 우뚝하니 서 있을 뿐이었다. 그리고 딴 집들은 다행히 그대로 남아 있었으나 단 두 사람, 남겨 두고 갔던 바우 어머니와 박 훈장은 보이지 않았다.

완전히 빈 마을은 눈 속에 잠겨 있었다.

"갔지, 갔어."

"바우 녀석이 와서 데려갔을 테지."

"그러구 가면서 학나무하구 이장댁에 불을 놓았지 뭘."

마을 사람들은 모여 앉기만 하면 분해하였다. 이장 영감은 박 훈장이 쓰던 서당 글방에 누워 조용히 눈을 감고 있었다.

여든에도 능히 멍석을 메어 나르던 이장 영감이었으나 이제

극도로 쇠약해진 그는 때때로 한숨을 길게 내쉬곤 하였다.

 덕이는 이제 농사일이 시작되기 전에 집을 다시 지으리라 생각했다. 그는 괭이를 들고 옛 집터로 갔다. 그날 덕이는 무너진 벽 밑에서 반 타다 남은 시체를 하나 파내었다. 박 훈장이었다.

 이장 영감은 덕이에게서 그 말을 듣고도 놀라지 않았다. 그는 마치 다 알고 있었다는 듯이 그저 고개를 주억거렸을 뿐이었다. 그래도 눈물이 베개로 굴러 떨어졌다.

 그날 밤 이장 영감도 갑자기 세상을 떠나고 말았다.

 덕이의 손을 더듬어 잡은 이장 영감은 여전히 눈을 감은 채 간신히 입을 움직였다.

"학, 학나무를, 학나무를……."

이장 영감은 잠들 듯이 숨을 거두었다. 흰 수염이 길게 가슴을 내리덮고 있었다.

상여는 둘인데 상주는 덕이 한 사람이었다. 그날 마을 사람들은 다들 뒷산으로 따라 올라갔다. 피난을 가던 때처럼 이장 영감이 앞서 갔다.

저녁때가 거의 다 되어서야 그들은 산을 내려왔다. 이번엔 덕이가 맨 앞에 두 주의 위패(位牌)를 모시고 걸었고, 그 바로 뒤를 봉네가 흰 보자기로 뿌리를 싼 조그마한 애송나무를 하나 어린 애처럼 앞에 안고 따르고 있었다.

■ 「현대문학」 25호(1957. 1) ; 『현대한국문학전집 6 - 이범선 외』(신구문화사, 1981)

위패(位牌) 죽은 사람의 이름과 죽은 날짜를 적은 나무패.
애송나무(-松--) 애솔. 어린 소나무.

학마을 사람들 · 작품 해설

●등장인물 들여다보기

> **이장 영감**

이장 영감은 80대 노인으로 학마을의 역사를 오롯이 보여 주는 존재입니다. 첫 장면에서 그는 '왜놈'의 징병으로 끌려 나간 손자를 배웅하러 면사무소에 다녀오는 길에 박 훈장과 함께 벌써 36년째 학이 오지 않는다는 대화를 나눕니다. 이장 영감이 마흔네 살 나던 해, 마을에는 학이 오지 않았고 봄과 여름 내내 비 한 방울 오지 않아 흉년이 들었지요. 그때부터 무려 36년 동안이나 학이 오지 않았던 거지요. 이장 영감은 학이 매년 날아와 안온한 삶을 누리던 시절부터 학이 날아오지 않는 험난한 식민지 시대를 다 체험한 세대입니다.

학이 오지 않은 마을에는 열병이 돌아 사람이 죽어 나가고 흉작이 이어졌습니다. 많은 마을 사람들이 견디다 못해 학마을을 떠났지요. 이장 영감도 마을 밖으로 나가 살아보려고 했지만, '왜놈'들이 들끓는 곳이라면 어디 가도 마찬가지라는 생각으로 마을을 지킵니다. 드디어 인고의 세월을 지나 마을에는 학이 돌아오지만, 예전과 같은 평온을 되찾기도 전에 학마을은 6·25 전쟁을 겪으며 더 큰 시련에 휘말리게 됩니다. 그 속에서 이장 영감은 마을의 웃어른으로서 마을 사람들을 이끌고 피난길에 앞장을 서기도 했습니다. 전쟁이 끝나고 무사히 마을로 돌아온 그는 죽음을 맞이하면서 손자 덕이에게 학나무를 심으라는 유언을 남깁니다.

　이장 영감은 우리 민족의 순수한 심성을 가진 연륜 있는 노인입니다. 학마을의 운명과 깊은 연관을 맺고 있는 학의 존재를 소중하게 여기면서 험난한 시련과 난관에 맞서는 저력을 보여 줍니다. 또한, 우리 역사를 든든하게 지켜 온 지혜로운 웃어른의 이미지와 더불어 가슴 한구석에는 젊은 시절 이루지 못한 첫사랑의 상처가 깊이 남아 있는 낭만적인 면모도 지니고 있습니다.

박바우

박 훈장의 손자인 박바우는 일제 식민지시대 때 징용에 끌려갔다가 해방이 되자 일본 군인의 복장으로 마을로 돌아와 해방의 소식을 알려 줍니다. 징병에서 살아왔을 뿐 아니라 해방의 감격을 전해 주었다는 점에서 미래의 희망을 나타내는 젊은이라 할 수 있습니다. 하지만 봉네라는 처녀를 사이에 두고 동무 덕이와 삼각관계에 빠지면서 바우는 마을을 떠났다가 북한군의 모습으로 돌아옵니다. 학 새끼의 죽음과 바우의 재등장이 겹쳐지면서 바우는 주인공과 대립하는 인물이 됩니다.

　바우는 '누런 옷 입은 사람들'(여기서 '누런 옷'은 북한의 인민군 복장을 가리킵니다), 즉 '괴뢰군'과 한패가 되어 돌아옵니다. 학마을의 인민위원장이 된 바우의 입에서는 '착취', '반동', '영웅적', '붉은기', '동무' 같은 생소한 말은 물론, '스탈린', '소련', '유엔', '탱크' 같은 뜻 모를 외래어도 마구 튀어나옵니다. 이것은 북한의 공산주의자들이 즐겨 쓰는 용어였습니다. 그는 전쟁 소식을 전할 때면 '해방'이란 말을 썼고(북한에서는 6·25 전쟁을 '조국해방전쟁'이라고 불렀거든요), 사람들을 모아 놓고 회의를 할 때면 '반동', '반동' 하면서 핏대를 올렸습니다. 바우의 부정적인 성격을 극명하게 드러내는 계기는 바로 학을 죽이는 행동이었습니다. 바우가 쏜 총에 학 한 마리가 죽고, 살아남은 학 한 마리가 새끼를 돌보다가 어디론가 날아가 버리면서 학마을은 학이라는 소중한 중심을 잃고 말지요.

이렇게 보면 바우는 학마을을 파괴하는 외부 세력(괴뢰군)의 앞잡이로서 무척이나 강퍅하고 잔인한 성격의 소유자처럼 보입니다. 또한 권력과 물리적 힘으로 사람들을 강제적으로 동원하려는 잘못된 리더십을 보여 줍니다. 이러한 바우의 과격하고 폭력적인 성격은 6·25 전쟁이라는 우리 민족의 비극에서 나온 것이겠지요.

● 작품 Q&A

"선생님, 궁금해요!"

Q 이 작품에서 '학마을'은 특별한 의미가 있는 곳으로 느껴져요. '학마을'이라는 공간이 지닌 상징적 의미를 설명해 주세요.

A 학마을은 자동차로 가려 해도 길이 험하고 시간이 오래 걸리

는 두메산골로 강원도 어디쯤에 있다고 되어 있습니다. 나라에서 행정상 지은 지명이 따로 있음에도 예부터 주민들끼리 불러 오던 학마을이라는 이름으로 통하지요. 이렇듯 학마을은 외부의 압력을 받지 않고 소박하고 순수하게 살아가는 전통적인 공동체라고 할 수 있습니다. 이 '아름답고 포근한 마을'에는 해마다 한 쌍의 학이 날아들어 자연과 더불어 농사짓는 마을 사람들과 함께 호흡을 나누어 왔지요. 학이 날아드는 날이면 마을 축제가 열리고 젊은이들은 술을 마시며 흥을 냈습니다. 학과 더불어 살아가는 학마을 공동체는 딱히 누가 정해 놓은 법이 아니라 오랫동안 전해 내려오는 믿음과 전통에 의해 자연스럽게 질서와 조화를 이루고 있었습니다.

사실 학마을은 작가 이범선의 실제 고향과 깊은 연관성을 갖고 있답니다. 그의 고향은 '운학리', 즉 구름과 학의 마을은 산자락 아래 위치한 이씨 집성촌이었다고 하는데요, 아마도 작가는 운학리라는 자신의 고향이 이 세상에서 가장 살기 좋고 나무랄 것 없는 이상적인 곳이라고 여겼던 듯합니다. 오죽 학마을에 애정이 깊었으면 자신의 호를 '학촌', 즉 학마을이라고 지었을까요. 게다가 생전에 자신의 작품 중에서 〈학마을 사람들〉에 가장 애착이 간다고 말했다는군요.

학마을의 고유한 특성은 학이라는 상징적 존재에서 비롯됩니다. 학마을은 학에 대한 전통적인 믿음으로 연결되어 있는 공동체인 것이지요. 그곳은 외부의 사건으로부터 영향을 받지 않으면서 이상향의 모습을 간직한 공간으로 나오고 있기 때문에 현실감이 없는 비역사적인 장소로 보이기도 합니다. 이범선은 일제 식민지 통치나

6·25 전쟁 같은 비극적 역사로 인해 정체성을 훼손당한 우리 민족의 모습을 그려내기 위해 역사의 시련을 겪으면서 제 모습을 잃어 가는 학마을이라는 공간을 구상했던 것 같습니다.

학마을은 작디작은 두메산골 마을임에도 그 상징적 의미로 볼 때 우리 민족의 삶의 터전인 한반도를 가리키기도 합니다. 한반도는 학마을처럼 우리 민족끼리 오순도순 사이좋게 살아가던 공간이었지만, 우리의 의지나 바람과는 상관없이 허리가 잘리고 전쟁의 폭력으로 황폐해졌으니까요.

Q 이 작품에서는 주인공이 '학'이 아닐까 싶을 만큼 학의 존재가 중요합니다. '학'에는 과연 어떠한 의미가 담겨 있나요?

A 이 작품에 나오는 학은 참 신비하고 영험한 동물이지요. 그 옛날 학마을에는 봄이 되면 꼭 씨뿌리기를 시작하기 바로 전, 그러니까 3월 무렵에 한 쌍의 학이 찾아오곤 했습니다. 학은 마을 한가운데에 있는 늙은 소나무에 둥지를 틀었어요. 마을 사람들은 그 소나무를 학나무라 불렀지요. 학이 돌아오는 날은 학마을의 가장 큰 잔칫날이었습니다. 마을 사람들은 학나무 밑에서 떡을 치고 술을 마시며 노래를 흥얼흥얼 불렀고, 젊은이들도 이 날만큼은 마음 놓고 술을 마실 수 있었습니다. 개중에는 잔치 마당에서 은근하게 연심을 나누는 처녀 총각도 있었답니다.

학마을 사람들의 삶의 중심에는 언제나 학이 있었습니다. 가뭄이 들거나 홍수가 날 때 학이 울어 주면 가뭄과 홍수는 물러났고, 혹여 태풍의 피해를 입을라치면 학이 곡식을 수확해야 할 시기도 알려 주었지요. 또한 처녀들이 학나무 밑을 지나갈 때 물동이에 학의 똥이 떨어지면, 그 해에 어김없이 시집을 간다는 믿음도 있었습니다. 이렇게 마을의 축복과 경사를 관장하는 영물이었던 학은 학마을 사람들과 떼려야 뗄 수 없는 관계였어요. 그러니 학이 잘못된다는 것은 곧 학마을에 좋지 않은 일이 벌어진다는 것을 의미했지요. 과연 학이 오지 않은 어느 해, 학마을에는 학 대신 기막힌 소문이 날아들었습니다. 바로 '왜놈'들에게 나라를 빼앗겼다는 것이지요. 그 후 학마을에는 열병이 퍼져 사람들이 죽어 나가고 흉년이 찾아들었습니다. 견디다 못한 사람들은 하나 둘 고향을 떠났어요.

그런 세월이 무려 36년이나 지난 후에, 드디어 학이 돌아오고 징용에 끌려갔던 덕이와 바우가 일본군 복장으로 귀향하여 해방의 소식을 전합니다. 학은 다시 날아와 집을 지었고, 새끼 세 마리를 낳았습니다. 세 마리는 풍년을 예고하는 숫자로 여겨지고 있었지요. 과연 풍년이 찾아왔고, 매년 학이 찾아와 가족을 꾸려 주는 덕분에 학마을은 예전의 안정을 되찾는 듯했어요. 그러다가 어느 해 학 새끼가 떨어져 죽는, 이제껏 없던 괴이한 일이 발생합니다. 아니나 다를까, 6·25 전쟁이 일어나 포격 소리가 요란하더니 북한군이 마을로 들어옵니다. 그리고 그때부터 학마을에는 무서운 변고가 불어닥칩니다. 바우는 그런 변고를 주도하는 인물로 등장하지요. 그는 학을 총으로 쏘아 죽임으로써 학마을에 돌이킬 수 없는 상처와 희생을 안겨 줍니다.

이 작품에서 학은 마을의 풍요와 인정, 질서를 상징합니다. 동시에 마을 사람들의 길흉화복을 점지하는 영험한 동물이기도 하지요.

하지만 더욱 중요한 점은 학마을의 역사가 학과 더불어 학을 중심으로 흘러왔고 앞으로도 그럴 것이라는 점입니다. 학마을에 학이 없다면 더 이상 학마을은 존재하지 않겠지요. 이렇게 보면 학은 아득한 옛날부터 학마을의 질서를 조화롭게 유지해 주는 절대적인 존재인 셈입니다.

Q 이 작품에서 이장 영감과 박바우는 여러 모로 비교되는 인물인 듯한데요, 이들의 성격을 구체적으로 비교해 보고 싶어요.

A 이장 영감(억쇠)과 바우 사이에는 할아버지와 손자뻘이라는 세대 차가 존재하지만, 우선 둘 다 첫사랑을 이루지 못했다는 공통점이 눈에 띄는군요. 이장 영감은 부모가 혼처를 정하는 봉건적인 관습 때문에 탄실이와 첫사랑을 이루지 못하고 평생 가슴앓이를 하고 살아왔습니다. 그래서 손자 덕이가 봉네를 두고 바우와 삼각관계가 되었을 때, 아무도 그 때문에 상처 받지 않기를 바라면서도 덕이가 자기처럼 가슴이 텅 빈 인생을 사는 것이 애달파 덕이가 봉네와 혼인하도록 힘을 써 줍니다.

바우 입장에서 생각하면, 마을 어른인 이장 영감이 손자 덕이와 봉네의 혼인에 (작품에 잘 드러나지 않았지만) 적극적으로 개입하고 있으니 자기가 끼어들 여지가 없었을 테지요. 그런데 이장 영감에 비하면 바우는 성격이 강한 사람인 듯합니다. 이장 영감이 실연의 상처를 드러내는 방식은 학마을 잔치 때 더 이상 춤을 추지 않거나 손자의 사랑이 이루어지도록 돕는 정도인 데 비해, 바우는 실연 후 마을을 떠났다가 학마을을 위협하는 인물로 등장하니까요. 특히 그가 연적이었던 덕이네 대문을 흘겨보는 것을 보면 미움과 원망의 감정이 꽤 강한 듯합니다.

한편, 이장 영감과 바우는 둘 다 학마을의 지도자라는 공통점을 갖고 있습니다. 그런데 이장 영감이 학마을 고유의 질서에 따라 마을의 웃어른 역할을 수행하고 있다고 한다면, 바우는 북한의 군대라는 외부 세력을 등에 업고 지도자로서 군림한다는 점에서 뚜렷한 차이가 있습니다. 마을 사람들이 자발적으로 이장 영감의 권위를 인정하고 그의 리더십에 따르는 것과는 달리, 바우에게는 평화가 아닌 전쟁, 파괴, 폭력, 강제를 동반한 부정적인 지도자의 이미지가 들러붙어 있습니다.

바우가 학의 둥지에 총질을 하여 한 마리는 죽고 다른 한 마리가 새끼를 돌보다가 모두 날아가 버리는 극적인 장면은 그가 학마을의 진정한 지도자이기는커녕 폭군이자 파괴자임을 보여 줍니다. 처음부터 이장 영감은 학마을의 자연적인 질서 속에서 살아온 마을 내부의 인물이지만, 바우는 새끼 학이 죽고 나서 외부 세력을 등에 업고 나타난 불길한 존재였습니다. 그러니 마을 사람들이 이장 영감을 진심으로 따르고 존경하는 것과는 달리 바우에게 반감과 거부감을 표시하는 것도 당연하겠지요.

이장 영감과 바우의 대조적인 특징은 그들이 나타내는 정신이나 사상의 차이를 통해 살펴볼 수도 있습니다. 이장 영감이 마을 사람들의 풍요, 행복, 신뢰 등을 지켜 주는 학이라는 영험한 동물을 아끼고 사랑하는 사람이라면, 바우는 정치 이데올로기만을 앞세우는 인물인 것이지요. 학을 살해하고 추방하는 바우는 마을 공동체의 신화적 가치를 철저하게 붕괴시키는 인물입니다. 반면, 이장 영감은 바우가 파괴한 공동체를 복원하고 희망을 되찾는 실마리를 제공하는 인물이지요. 필시 바우가 불태웠으리라 여겨지는, 새까맣게 타 버린 학나무를 대신하여 이장 영감의 유언대로 애송나무를 심는 장면은 이런 점을 잘 말해 줍니다.

Q 이 작품은 흥미롭게 다가오면서도, 학이 나타나기만 하면 모든 문제가 풀릴 것이라고 믿는 마을 사람들의 심리가 잘 이해되지 않아요. 작가는 왜 이렇게 무리한 설정을 한 것일까요?

A 옛날에는 자신의 운명이 태어날 때부터 정해져 있다고 생각한 사람이 많았지만, 지금은 자기의 운명은 스스로 개척하는 것이라는 생각이 널리 퍼져 있습니다. 그런데 학마을 사람들은 위기에 처할 때마다 학나무 꼭대기만 쳐다보면서 한다는 말이 "학만 있었으면……."입니다. 정말 학만 나타나기만 하면 모든 문제가 풀리고 역사의 상처가 치유된다고 믿고 있는 것이지요. 학만 바라보는 마을 사람들이 우둔하고 나약해 보일 정도입니다. 〈학마을 사람들〉에 나타난 이러한 애미니즘적 신앙은 요즘 사람들 눈으로 볼 때 상당히 납득하기 어려울 수도 있습니다.

이 작품이 학이라는 영험한 동물을 통해 일제 통치나 6·25 전쟁 같은 역사적 사건을 이토록 단순하게 파악하고 있는 까닭은 역사를 심정적이고 정서적으로 파악하고 있기 때문일 것입니다. 다시 말해 이 작품은 내부와 외부의 대립이라는 구도를 통해 역사를 인식하고 있어요. 내부적으로 우리 민족은 부족한 점이 없는데, 외부의 침입과 위협 때문에 위기를 겪게 되었다고 보는 것입니다. 그래서 이장 영감의 유언에 따라 학나무를 다시 심는 마지막 장면도 외부에 의해 훼손당한 민족의 역사를 내부의 힘으로 회복하려는 뜻을 담고 있습니다.

그런데 어떤 이유로 작가 이범선은 학과 학마을 사람들의 관계를 절대적인 것으로 설정한 것일까요? 그는 왜 현실적이고 구체적인 세계를 그리는 대신 학마을이나 학처럼 상상적이고 신화적인 상징을 동원한 것일까요? 그것은 6·25 전쟁이 초래한 상처가 매우 깊기 때문에 어떻게 하면 그 상처를 아물게 할까 하는 절박한 질문에서 나온 것이 아닐까 싶어요. 바우의 묘사에서 알 수 있듯이 같은 민족, 같은 마을의 구성원끼리 서로를 죽이고 쓰러뜨리는 일이 벌어졌을 때, 작가 이범선은 그 상처를 치유하는 길이 어디에 있을까 고민했을 것입니다. 그 결과 그의 머릿속에 학마을 같은 소박하고 변하지 않는 전통적 공동체가 떠올랐겠지요. 학마을의 신화성은 무엇보다 전쟁을 통해 드러난 현대 과학이나 물질문명이 지닌 폭력성과 부조리함에 관한 비판 의식을 강하게 표현하려는 작가의 의도를 나타내고 있습니다.

❋ 더 읽어 봅시다 ❋

6·25 전쟁을 계기로 공동체가 파괴되고 인간성과 인간관계가 피폐해지는 실상을 그린 작품.

황순원, 〈학〉 _삼팔선과 가까운 이북 마을에서 농민동맹 부위원장을 지내던 친구가 치안대에 잡혀 왔다. 그런데 그 친구를 호송하게 된 것은 바로 단짝 친구였다. 한국전쟁으로 어쩌다가 서로 적대 관계가 되어 버렸지만, 호송하는 친구는 연행 과정에서 이념보다는 인간적인 유대감이 더 중요하다는 것을 깨닫는다. 결국 어린 시절 학 사냥의 기억을 되살리며 포승줄을 풀어 준다. 이념의 분열을 넘어서는 우정과 인간애를 부각시키고 있는 작품이다.

윤흥길, 〈완장〉 _저수지 사용권을 둘러싸고 우연히 저수지 감시 임무를 맡게 된 인물이 갑자기 완장을 차고 권력을 휘두르기 시작한다. 마치 완장이 권력의 상징인 듯 마을 사람들에게 마구 권력을 휘두르며 독재자로 등극하는 것이다. 권력을 향한 인간의 욕망과 심리를 드러내 주는 작품이다.

박경리, 〈불신시대〉 _9·28 서울 수복 때 폭격으로 남편을 잃은 주인공은 의사의 부주의로 아들을 잃고 만다. 의사들의 비양심, 종교인들의 비인간성 등으로 그녀의 가슴은 세상에 대한 회의와 불신으로 가득 찬다. 마침내 아이의 죽음을 통해 현실을 자각하고 거기에 저항함으로써 전쟁의 상처를 딛고 나아가려는 모습을 보여 주는 작품이다.

갈매기

훈은 6·25 전쟁 때 피난을 왔다가 중학교 교사로 정착하게 된 섬에서 가족과 주변 사람들과 함께 평온하고 잔잔한 일상을 누리고 있습니다. 그런데 변화라고는 전혀 없을 것 같은 이 섬에도 뜻밖의 사건이 일어나는데요, 과연 그 일로 주인공 훈의 마음속에서 어떤 변화가 일어나는지 살펴볼까요?

파도 소리가 베개를 때린다.

좀처럼 잠이 오지 않는다. 여느 날 같으면 벌써 나갔을 전등이 그대로 들어와 있다. 아마 이 포구(浦口)에 또 무슨 일이 생겼나 보다. 기쁜 일이나 그렇지 않으면 슬픈 일이.

섬 안은 그대로 한집안이다. 그러기 어느 집안에든지 잔치가 있거나 또는 상사(喪事)가 생기면 이렇게 밤새도록 전등이 들어오는 것이다. 시장에서 생선 장사를 하는 상이군인이 새색시를 맞던 날도 그랬다. 읍장님의 어머님 진갑날도 그랬다. 고아원에서 어린애가 죽던 날도 그랬고, 일전 파도가 세던 날 나갔던 어선 한 척이 돌아오지 않던 밤도 그랬다.

포구(浦口) 배가 드나드는 개의 어귀. 개 강이나 내에 바닷물이 드나드는 곳.
상사(喪事) 사람이 죽은 사고.
진갑(進甲) 환갑의 이듬해, 즉 나이 예순 한 살이 되는 해. 또는 그해의 생일.
일전(一前) 며칠 전.

훈(薰)이 피난 내려왔던 부산서 중학교 교사 자리를 얻어 이 섬으로 들어온 지가 벌써 칠 년이 된다.

처음 들어왔을 때에는 퍽도 외로웠다. 조그마한 포구에 말려 들어왔다가는 또 말려 올라가곤 하는 단조로운 파도 소리가 그저 졸리기만 했다.

그래도 섬에서는 도민증이나 병적계를 지니고 다닐 필요가 없는 것이 좋았다. 당시 부산 등지에서는 그런 것들이 그야말로 심장보다도 더 소중하던 때였지만 어쩌다 하룻저녁 여인숙에서 묵고 가는 나그네까지도 저녁 해변에서 쉬 친구가 되어 버리는 이 포구에서는 그런 것은 있으나 없으나였다.

이제는 벌써 훈네도 피난민이 아니다. 애기를 안고 길가에 나와 섰던 이웃집 아주머니들도 제법 그와 인사를 나누게 되었고 배에서 돌아오는 옥희 아버지나 이쁜이 오빠는,

"이거 참 오래간만에 잡은 도밉니다. 아직 살았어요."

"꽤 큰 소라지요. 가을 들어 처음입니다."

하며 대바구니 속에서 도미나 소라를 집어 내어 훈네 집 대문 옆에 누워 있는 소바우—그 모양이 꼭 누워 있는 소 잔등 같아서 그들은 그렇게 부른다—위에 놓고 지나가는 것이다.

도민증(道民證) 예전에, 일정한 도(道) 안에 사는 주민임을 증명하기 위하여 도지사가 발행하던 신분증명서.
병적계(兵籍屆) 예전에, 군 복무자 등의 병역 기록을 적어 놓은 신분증.
　병역(兵役) 국민으로서 수행해야 하는 국가에 대한 군사적 의무.
여인숙(旅人宿) 작은 규모의 숙박업소로 여관보다 급이 낮고 값이 싸다.

갈매기

칠 년. 섬에서는 한 해가 하루처럼 흘러간다. 그야말로 흘러간다. 어제와 오늘이 다를 아무런 사건도 없다. 마디가 없다.

"왜, 선생 보기엔 좀 깨끗지 않아 보이재? 그래도 이 짠물이, 이게 좋은 게라이."

바닷가에서 맛조개를 캐던 옆집 할머니가 바닷물에 손을 씻고 들어와 받아 준 어린애가 벌써 다섯 살이다.

지극히 단순한 생활.

아침 자리에 일어나 앉으면 안개 낀 포구가 유리창에 그대로 한 폭의 묵화(墨畵)다. 칫솔을 물고 마당으로 내려간다. 마루 밑에서 기어 나온 바둑이가 신고 선 그의 흰 고무신 뒤축을 질근질근 씹어 본다. 뒷산 동백나무 잎이 아침 햇빛에 유난히 반짝거린다. 어디선가 까치가 운다. 마당 한구석에 돌각담을 지고 코스모스가 상냥스레 피어 웃는다. 추석도 머지않은 거기 감나무에는 주홍빛 감이 가지마다 세 개, 다섯 개, 네 개 탐스럽게 달렸다. 빨갛게 열매를 흉내 낸 감나무 잎이 하나, 누가 손끝으로 튀기기나 한 것처럼 툭 가지 끝에서 튀어 난다. 팽글팽글 팽글팽글 허공에 원을 그리고 사뿐히 땅바닥에 내려앉는다. 부엌

짠물 바닷물과 같이 소금기가 있는 물.
맛조개 가늘고 긴 원통 모양으로 껍데기는 얇고 흰색이나 황록색의 껍질로 덮여 있는 조개.
묵화(墨畵) 수묵화. 먹으로 짙고 옅음을 이용하여 그린 그림.
돌각담 '돌담'의 사투리.

문 앞을 돌아나오던 흰 암탉이 쪼르르 달려온다. 쿡 하고 지금 떨어진 감나무 잎을 쪼아 본다. 핏빛 면두가 흰 머리 위에서 흔들거린다.

조반이 끝나면 훈은 한 손에는 가방을 들고 또 한 손에는 국민학교 이 학년인 딸의 손목을 끌며 대문을 나선다. 겨우 두 사람이 나란히 걸을 수 있는 들길이다. 오른편은 발밑이 그대로 바다이고 왼편은 깎아진 벼랑이다. 그들은 바위 틈에 핀 들국화가 내려다보이는 밑을 천천히 걷는다. 바둑이가 따라오며 흰 수건에 싸 든 딸애의 도시락을 킁킁 맡아 본다. 아내와 다섯 살짜리 아들 종(鐘)은 대문 옆 소바우 잔등에 서 있다. 꼬불꼬불 돌길을 더듬어 가는 그들은 C자형으로 된 포구 중앙에 다 가도록 빤히 보인다. 그러니 보이지 않을 때까지 배웅을 하자면 그들이 포구를 반 바퀴 돌아가는 동안을 거기 그렇게 서 있어야 하는 것이다. 그래 아내와 아들 종이 사이에는 말없는 가운데 약속이 생겼다. 그들을 따라가던 바둑이가 돌아서 돌길을 껑충껑충 뛰어 집으로 오면 아내와 종은 바둑이를 앞세우고 문 안으로 들어가기로 했다.

아침마다 그들을 따라나서는 바둑이가 돌아서는 지점은 정해져 있다.

면두 닭의 '볏'을 가리키는 사투리.

갈매기

훈네 집에서 거리에까지 가는 도중에는 중간쯤에 단 한 채 아주 초라한 오막살이가 있을 뿐이다. 그 오막살이에는 노인 거지가 세 사람 살고 있다. 훈네는 그들을 신선(神仙)이라고 부른다. 그건 어느 여름방학에 서울서 놀러 왔던 고등학교에 다니는 훈의 동생이 지어 주고 간 이름이다.

이들 세 노인은 할 일이 없다. 종일 바다만 바라보며 지낸다. 그래 신선이다. 나이는 육십이 거의 다 되었을 듯한 동년배들인데 그 인상은 각각이다.

신선 일 호라는 서(徐) 노인. 머리칼, 눈썹 그리고 긴 수염 할 것 없이 은빛으로 센 노인이 키가 크다. 신선들 중에서는 제일 풍채가 좋다. 그리고 신선 이 호, 박(朴) 노인. 이 노인은 머리를 중 모양 박박 깎았다. 얼굴이 둥근 이 박 노인은 항상 군복을 걸치고 있다. 신선 삼 호, 김(金) 노인. 신선 중에서는 제일 인품이 떨어진다. 곰보다. 턱에 꼭 염소 같은 수염이 난 이 신선 삼 호는 구제품 회색 신사복 저고리를 입었다.

인상은 어쨌든 그들은 다 신선 별호를 탈 만한 데가 있다. 걸식은 해도 그들은 결코 떼를 쓰는 법이 없다. 또 자기네 사이에

동년배(同年輩) 나이가 같은 사람의 무리. 나이가 꼭 같지 않더라도 비슷한 또래의 사람이나 그 무리를 이르기도 한다.
곰보 얼굴이 얽은 사람을 얕잡아 이르는 말.
구제품(救濟品) 어려움이나 위험에 빠진 사람을 돕거나 구하여 주기 위하여 보내 주는 물품.
별호(別號) 별명. 사람의 외모나 성격의 특징을 바탕으로 남들이 지어 부르는 이름.
걸식(乞食) 음식 따위를 빌어 먹음. 또는 먹을 것을 빎.

무슨 정해진 바가 있는 듯 같은 집에 두 사람이 들어가는 법도 없다.

훈네 집에 늘 오는 것은 신선 일 호 서 노인이다. 아침에 오는 수도 있고 저녁에 들르는 날도 있다. 이즈음 훈의 아내는 서 노인을 위하여 밥을 넉넉히 짓지는 않았지만 줄 밥이 남지 않는 날이면 걱정을 하게끔은 되어 있다. 그런데 바둑이도 이 서 노인을 알아본다. 청결 검사를 나왔던 순경이 총을 멘 채 질겁을 해 달아날 만큼 사나운 바둑이면서도 서 노인은 짖지 않는다.

아침마다 훈을 따라가던 바둑이가 돌아서는 지점이 바로 이 신선들이 살고 있는 오막살이 앞이다. 앞을 지나다 서 노인에게 목도리를 한 번 내보이고는 돌아선다.

서 노인은 바둑이와만 사귄 것이 아니다.

언젠가 사흘 동안이나 서 노인이 들르지 않은 때가 있다. 이상하다고들 했다. 그날은 훈이 학교에서 돌아오는 길에 오막살이 안을 들여다보았다. 세 노인 다 있었다. 신선 삼 호 김 노인은 윗목에 벽을 향하고 앉아 거기 기둥에 박힌 못에다 실코를

목도리 1. 추위를 막기 위하여 목에 두르는 물건. 2. 개, 고양이, 마소 따위의 목에 둘러매는 고리. 가죽이나 천으로 만들며, 방울을 달기도 한다. 여기에서는 2의 의미로 쓰임.
윗목 온돌방에서 아궁이로부터 먼 쪽의 방바닥. 불길이 잘 닿지 않아 아랫목보다 상대적으로 차가운 쪽이다.
실코 실로 고리처럼 만든 코.
　코 그물이나 뜨개질한 물건의 눈마다의 매듭.

갈매기 65

걸어 놓고 무엇에 쓰자는 것인지 그물을 뜨고 있고, 이 호 신선 박 노인은 문께로 나앉아 고무신 뒤축을 깁고 있고, 서 노인은 아랫목에 벽을 향해 누워 있다. 서서 다닐 때보다도 더 큰 키다. 죽은 사람처럼 뻗친 그의 무릎 위에서 다람쥐가 한 놈 앞발로 얼굴을 닦고 있다.

"서 노인이 어디 편찮은 모양이군요."

그제야 박 노인이 늙은 호박 같은 머리를 든다.

"네, 체해 가지고 한 사날."

그는 한 번 서 노인을 돌아본다.

그날 저녁 국민학교 이 학년인 딸과 종과 바둑이가 우유죽 그릇을 들고 오막살이로 갔다.

"불쌍하더라!"

돌아온 딸애가 제법 국민학교 이 학년답게 낯을 찌푸린다.

"불쌍하더라!"

꼭 같은 어조로 종이 따라 한다.

다음 날이다.

훈이 학교에서 돌아오자 종이 마루로 달려 나와,

"아버지, 아버지, 나 다람쥐 있다."

하며 구두도 미처 벗기 전에 훈의 손을 끈다.

깁다 떨어지거나 해어진 곳에 다른 조각을 대거나 또는 그대로 꿰매다.

낮에 서 노인이 오래간만에 집엘 들렀더란다. 한 손에는 언제나 끌고 다니는 꼬불꼬불한 가무태나무 지팡이를 짚고, 또 한 손에는 예쁜 다람쥐를 한 마리 쥐고.

"이거나 애길 줄라고."

서 노인이 일 년을 방 안에서 키웠다는 다람쥐는 아주 길이 잘 들어 있다. 놓아도 달아날 생각을 하지 않고 마구 사람의 목덜미로 기어올라서는 오물오물 가슴패기로 파고든다.

그로부터 종은 훈의 방에서 부지런히 꽁초를 까서 빈 캐러멜 갑에 넣었고, 그런 다음날 저녁이면 서 노인이 그 캐러멜 갑을 도토리로 가득히 채워다 종에게 돌린다.

"먹진 못하는 거야. 다람쥐 주란 말야."

이 조그마한 포구에도 다방이 한 집 있다. 이름이 '갈매기'다.

다방이라야 왜인이 살다 간 목조건물 이 층을, 피난 온 젊은 부부가 약간 뜯어고친 것이다.

훈은 때때로 이 다방엘 들른다.

학교가 끝나고 교문을 나서면 훈이 선 지점은 바로 정확하게 포구 중앙점인 것이다. 거기서 훈은 한참 바다를 바라본다. 호수처럼 동글한 포구 한가운데는 경찰서 수상 경비선이 하얀 선

가슴패기 가슴팍. 가슴의 판판한 부분을 속되게 이르는 말.
꽁초 담배꽁초.
왜인(倭人) 일본 사람을 낮잡아 이르는 말.

체를 한가히 띄우고 있고, 왼쪽 시장 앞에는 돛대 끝에 빨간 헝겊을 단 어선이 네 척 어깨를 비비고 머물렀다. 그리고 저만치 앞에 두 대의 흰 등대. 그 등대 허리에 가는 수평선이 죽 가로 그어졌다. 바로 그의 발밑에서 넘실거리는 바다가 아득히 수평선을 폈고, 그 선에서 다시 또 하나의 바다, 맑은 가을 하늘이 아찔하니 높이 피어올랐다.

 훈은 오른편으로 눈을 돌린다. 벼랑 밑 돌길을 더듬을 필요도 없이 포구를 엇비슷이 가로 건너 거기 빤히 집이 보인다. 동백나무가 반짝거리는 산을 지고 바로 물가에 선 아담한 기와집, 선생들이 감나무 장(莊)이라고 부르는 집이다. 마당에는 흰 빨

선체(船體) 배의 몸체.

래가 걸렸고, 돌각담 밖에 채소밭 가운데는 쭈그리고 앉은 아내 앞에 선 종의 빨간 스웨터가 빤히 보인다.

　이렇게 밖에 나와 있는 식구들을 보는 날이면 훈은 곧잘 집과는 반대 방향인 왼쪽으로 발길을 돌리곤 한다. 집엘 다녀서 나오는 것 같은 가벼운 기분으로.

　우체국 앞을 지난다. 빨간 포스터를 보면 새삼스레 편지를 띄워 보고 싶어진다. 중국집을 지나 여인숙이 있고, 거기서 조금 더 가면 다방 '갈매기'가 있다.

　장기판만 한 널쪽에 흰 페인트로 쓴 '갈매기'라는 서툰 간판 밑을 끼고 이 층으로 올라가면 층계가 삐걱삐걱 소리를 낸다.

거기 베니어판으로 만든 문을 득 연다. 대개 다방문은 밀거나 당기게 되어 있는 게 상식이다. 그런데 이 다방 '갈매기'의 문은 왜식 그대로 옆으로 열게 되어 있다.

다방 안은 대개 비어 있다. 손님이 없다는 뜻만이 아니다. 주인마저 없는 때가 많다.

훈은 언제나 오면 정해 두고 앉는 창가로 가 앉는다. 그래도 테이블 위에는 선인장이 놓여 있고, 창에는 푸른색 커튼이 드리워 있다. 창 밑이 곧 한길이고 그 길 가장자리가 바로 바다다. 훈은 멀리 맞은편으로 눈을 띄운다. 그의 집 자기 방 유리문과 정면으로 마주친다. 벌써 채소밭에는 아무도 보이지 않고, 그의 집 대문 앞을 어떤 부인이 머리에 무엇을 이고 지나간다. 갈매기가 한 마리 펄럭 다방 창문을 스치고 지나간다. 팔만 내밀면 잡힐 것도 같다. 그래 다방 이름이 '갈매기'인지도 모른다. 별로 그러자는 것도 아닌데 눈은 자연히 갈매기의 뒤를 따라 허공에 어지러운 불규칙 선을 긋는다.

안방 문이 열리고 주인 여자가 나온다. 그녀의 나이를 딱히 알 까닭도 없지만 보기에는 이제 겨우 삼십을 하나둘 넘었을까 말까 한 젊은 부인이다. 갸름한 얼굴에 눈이 반짝 밝은 그녀는 키가 날씬하니 큰 게 연분홍 치마가 분명히 예쁘다.

베니어판 베니어합판. 얇게 켠 나무 널빤지를 나뭇결이 서로 엇갈리게 여러 겹 붙여 만든 널빤지.
왜식(倭式) '일본풍'을 낮잡아 이르는 말. 일본 특유의 색채나 양식. 또는 그런 것을 본받은 모양.
한길 사람이나 차가 많이 다니는 넓은 길.

"아이! 오신 지 오랬어요?"

약간 코가 멘 귀여운 음성이다.

"네, 서너 시간 됩니다."

"아무리, 선생님두."

여인은 웃으며 돌아선다.

"여보, 저 건너 이 선생님이 오셨어요."

그녀는 안방 문을 열고 소리친다. 그리고 거기 뒤로 난 창문턱을 훌쩍 넘어 나간다. 아마 왜인이 살고 있을 때는 그게 이 층 빨래를 너는 곳이었을 게다. 그곳이 지금은 이 다방의 주방인 것이다.

훈은 이제 나올 다방 주인을 기다리며 벽에 걸린 그림들을 바라본다. 제법 이 다방에는 별실이 하나 있다. 화장실로 가는 문 옆에 발가벗은 어린애 둘이 하나는 서고 하나는 두 무릎을 세우고 앉아서 불을 쬐고 있는 그림이 걸려 있다. 그 밑이 바로 그 별실이다. 그런데 그 별실이란 게 아주 걸작이다. 옛날 왜인의 소위 오시이레를 뜯어내고 그 자리에 테이블과 걸상을 들여놓고 그 앞을 노랑색 커튼으로 가린 것이다. 훈은 맞은쪽 벽에 걸린 모나리자의 초상으로 눈을 옮기며 피식 웃는다.

뒤 창문 밖에서 부채질을 하는 소리가 들린다. 이제부터 풍로

오시이레(おしいれ) '벽장' 또는 '반침'을 뜻하는 일본어.
　반침(半寢) 큰 방에 딸린 조그만 방. 여러 가지 물건을 넣어 두는 데 쓴다.
풍로(風爐) 화로의 하나. 흙이나 쇠붙이로 만드는데, 아래에 바람구멍을 내어 불이 잘 붙게 하였다.

에 불을 피워 가지고 커피를 끓일 판이다. 어쩐지 미안한 생각이 든다.

안방 문이 조용히 열린다. 주인이 나온다. 마룻바닥에 발을 질질 끌며 한 걸음 한 걸음 이리로 걸어온다.

그는 눈을 못 보는 것이다.

"이 선생님이슈?"

그는 훈의 테이블 가까이까지 와서 서며 두 손을 내밀어 불안스레 허공을 더듬는다. 훈은 얼른 그의 한쪽 손을 잡는다. 여자의 손처럼 연한 손이다.

가락가락 긴 손끝에 뾰족한 손톱이 곱기까지 하다.

"오래간만에 오셨군요."

"앉으슈."

훈은 새삼스레 주인의 얼굴을 건너다본다. 반듯한 이마에 두서너 오라기 머리카락이 길게 흘러내렸다. 까만 눈썹 밑에 사뿐히 감은 두 눈의 긴 살눈썹이 슬프다. 쪽 곧은 콧날에 조각처럼 단정한 입술, 표정을 잃은 그 입술은 결코 웃어 본 일이 없는 입술 같다.

"별일 없지요?"

"그저 그렇게."

그가 그저 그렇게 지내고 있다는 것은 훈도 안다. 그 어떤 추

살눈썹 '속눈썹'의 사투리.

억을 약처럼 갈아 마시며 외롭고 슬프게 그저 그렇게 살아가는 그들 부부.

훈은 어제저녁에도 그 '접시의 달'을 들었다.

두 등대에 불이 들어와 청홍(青紅)의 물 댕기를 길게 수면에 드리울 때, 고요한 밤하늘에 수문(水紋)처럼 번져 나가는 색소폰 소리, 자꾸자꾸 그의 상념을 옛날로 옛날로 밀어 세우는 그 서러움에 목 쉰 소리. 밤마다 흐느껴 흐르는 그 색소폰 소리를 들으면 누가 부는 것인지도 모르는 대로 그는 자기 방 마루 기둥에 기대앉은 채 별이 뿌려진 밤하늘을 우러러 꼼짝도 할 수 없었다.

그러던 어느 날 훈은 다방 한구석 자리에 은빛 색소폰을 어루만지고 있는 장님을 보았다. 그 사람이 바로 다방 주인이었다. 훈은 놀랐다. 그러나 곧 그럴 게라는 생각이 들었다. 옛 친구를 만난 것처럼 둘이는 가까워졌다.

그러게 훈이 때때로 이 허줄한 다방을 찾아오는 것은 그 여인이 풍로에 부채질을 해 가며 끓여다 주는 사탕물 같은 커피를 마시기 위함이 아니다.

이제 칠 년 섬 생활에 완전히 표백된 마음 한구석에 그래도 어쩌다 추억의 그늘이 스며들 때면 왜 그런지 지금 그의 앞에

물 댕기 물에 길게 드리운 등대의 그림자를 댕기에 비유한 말.
수문(水紋) 수면에 일어나는 물결의 무늬.
허줄하다 차림새가 보잘것없고 초라하다.

고요히 감은 그 슬픈 긴 속눈썹이 보고 싶어지는 것이다.

붕부웅.

멀리서 기적˙소리가 솜처럼 부드럽게 들려온다.

"벌써 저녁때군요."

엷은 회색 스웨터 호주머니에 두 손을 찌르고 앉은 주인이 가만히 얼굴을 든다.

"그렇군요."

훈도 따라서 눈을 든다. 아직 연락선은 보이지 않는다. 지금쯤은 저 앞의 벼랑 밑을 돌고 있을 게다. 퉁퉁퉁퉁 기관˙소리가 포구의 맑은 공기를 흔든다.

훈은 건너편 자기 집으로 멀리 시선을 돌린다.

과연 그의 집 대문 옆 소바우 위에는 빨간 스웨터가 앉았다.

종은 배를 참 좋아한다. 아침에 연락선이 떠날 때나 저녁에 이렇게 연락선이 돌아 들어올 때면 종의 위치는 언제나 그렇게 소바우 잔등으로 정해진다. 방 안에 앉아서도 창문으로 빤히 보이는 것이었지만 부우웅 하고 고동˙이 울리기만 하면 밥을 먹다가도 술˙을 던지고 대문 밖으로 뛰어 나간다. 그러고는 소바우

기적(汽笛) 기차나 배에서 증기를 내뿜는 힘으로 경적 소리를 내는 장치. 혹은 그 소리.
기관(機關) 화력 · 수력 · 전력 따위의 에너지를 기계적 에너지로 바꾸는 기계 장치.
고동 신호를 위하여 비교적 길게 내는 기적 따위의 소리.
술 밥 따위의 음식물을 숟가락으로 떠 그 분량을 세는 단위. 여기에서는 '숟가락'의 의미로 쓰임.

위에서 다섯 살짜리치고는 너무나 조숙한 포즈로 앉는다. 두 무릎을 앞에서 세워 가슴에 안고 그 두 무릎 위에 턱은 딱 올려놓고, 고렇게 얄미운 자세로 종은 눈도 깜짝 않고 연락선을 지켜보는 것이다.

아침에 연락선이 육지를 향해 떠날 때면, 붕 소리를 지르며 부두를 밀고 나온 배가 포구 한가운데를 돌아 커다랗게 원을 그리며 선체를 바로잡아 가지고, 두 등대 사이를 조심스레 빠져 나가 저만치 왼쪽으로 머리를 돌려 흰 파도가 항상 그 발부리를 씻고 있는 벼랑 밑을 돌아 배꼬리에 달린 태극기가 감실감실 사라지고 또 한 번 꿈속에서처럼 멀리 고동 소리만이 들려 올 때까지.

또 오후 네 시 반이면 돌아 들어오는 배가 아침에 사라지던 그 벼랑 밑으로 코를 쏙 내밀며 붕 하고 고동을 울린다. 그러면 종은 어디서 무엇을 하고 있든지 곧 수평선을 향해 선다. 잠깐 동안 귀를 기울인다. 쿵쿵쿵쿵 기관 소리가 간지럽게 들린다. 종의 두 눈은 반짝 빛을 발한다. 그러고는 무슨 마술이나 걸린 애처럼 달린다. 소바우 잔등에 가 앉는다. 언제나 꼭 같은 자세로.

연락선이 두 등대 사이를 미끄러져 들어와서 종의 앞에서 크게 원을 그으며 손님을 맞을 사람들은 빨리 부두로 모이라고 이르기나 하듯 감나무 잎이 파르르 떨리도록 한 번 더 크게 고동을 울린다.

배가 흠씬 부두에 가 멎자 밧줄이 부두에 던져지고 널판이 배 옆구리에 걸터지고 그 위를 제법 파랗고 빨갛고 한 새 옷자락에 육지의 냄새를 묻혀 온 선객들이 섬에 내려선다. 짐짝들이 굴러 떨어진다. 한참 복작거리던 사람들이 다 흩어져 간 뒤 빈 부두에 갈매기만이 너더댓 마리 깩깩 외마디 소리로 흠실흠실 아직 숨이 덜 가라앉은 연락선 굴뚝을 날아들고 있을 때까지 종은 꼼짝도 않고 어느 동화 속의 소년처럼 꿈을 보는 것이다.

연락선이 부두에 닿자 제법 기쁨 같은 것이 흥성거린다.

훈은 물끄러미 부두를 내려다보고 앉았고, 그의 앞에 앉은 다방 주인은 고개를 약간 뒤로 젖힌 자세로 감은 눈 속에 그 어딘가 먼 곳을 보고 있다. 둘이는 아무 말도 하지 않는다. 조용하다.

"선생님 아드님은 여전하군요. 고것 봐. 얄미워."

커피 잔을 받쳐 들고 온 여인이 창밖을 내다보며 말한다.

훈은 다시 건너편으로 눈을 돌린다. 빨간 점 옆에 꺼먼 점이 하나 늘었다. 종이 바둑이를 안고 있는 것이다. 아마 바둑이는 지금 그 보기에만도 징그러운 하얀 이빨로 종의 조그마한 손을 잘근잘근 씹고 있을 게다. 그건,

"아버지, 입에 손을 넣어도 물지 않는다!"

하며 신기해는 하면서도 그래도 늘 어떤 불신을 손끝에 모으며 오랫동안 시험해 온 뒤에 비로소 맺어진 그들 둘만의 우의니까.

선객(船客) 배에 탄 손님.
우의(友誼) 친구 사이의 가깝고 친한 정.

"저도 봅니다."

"······?"

"연락선의 고동 소리를 들으면 저도 저 바위 위에 두 무릎을 딱 안고 앉은 소년의 모습을 볼 수 있지요."

다방 주인은 그 유난히 긴 손가락으로 창밖을 멀리 가리킨다. 그의 손끝은 마치 눈뜬 사람의 그것처럼 정확히 맞은편 한 점을 지시하고 있다. 훈과 여인의 눈이 잠깐 서로 부딪친다.

"그놈은 배를 참 좋아합니다."

"배를요? 제가 색소폰을 좋아하는 것처럼······. 그도 무언가 그리운 게 아닌가요?"

"이 섬에서 나서 이 섬에서 자란 앤걸요 뭐."

"그렇지만 저 콜럼버스같이."

"콜럼버스같이?"

여인은 둘의 대화를 들으며 스푼으로 남편의 찻잔을 젓고 있다. 보동한 손이 여윈 손을 들어다 찻잔을 쥐어 준다.

나흘 있으면 추석이다. 바람이 분다. 파도가 거세다. 집채 같은 파도가 와와 소리를 지르며 밀려든다. 방파제를 때리고 부서진 파도가 허옇게 거품이 되어 등대 꼭대기를 넘는다. 훈네 집 앞 돌길은 완전히 바다 속에 잠겼다. 포구 안에는 쫓겨 들어온 어선들이 서로 어깨를 비비고 있다. 포구 가장자리에도 파도가

보동하다 '작고 부드러우며 통통하다'는 의미인 듯함.

한 길은 넘게 한길 위로 추어오른다.

이틀 후에야 파도는 갔다. 수평선이 더 가깝다. 지구가 그 회전을 멈추기나 한 것같이 고요하다.

훈은 학교로 나갔다. 파도로 해서 돌길이 말이 아니다. 소방서 앞 한길 가운데 떡돌만큼이나 큰 바위가 밀려 올라와 있다. 포구 가장자리의 큰길은 홍수를 치르고 난 뒤 같다.

훈은 학교 사환 애에게서 슬픈 소식을 들었다.

다방 '갈매기'의 부부가 죽었다는 것이다.

그 파도가 무섭던 날 밤 밖에 나왔던 다방 주인이 잘못하여 물에 휩쓸려 들어가자 그를 구한다는 게 그만 부인마저 빠졌단다. 훈은 수업을 하면서도 문득문득 눈을 창밖의 바다로 띄웠다. 그때마다 훈은 꼭 껴안고 물로 뛰어드는 젊은 부부를 생각했다.

그러나 아마도 그들의 과거를 모르던 것처럼 또 이젠 아무도 그들의 죽음의 진상을 모른다.

추석날 오후다. 훈은 마루에 앉아 담배를 피우고 있었다. 여느 날보다 일찍 서 노인이 들렀다. 새 옥양목 적삼을 입었다.

"선생님, 아들이 왔습네다."

추어오르다 밑에서 위로 오르다.
떡돌 떡을 칠 때 안반 대신으로 쓰는 판판하고 넓적한 돌.
  안반 떡을 칠 때에 쓰는 두껍고 넓은 나무 판.
사환(使喚) 관청이나 회사, 가게 따위에서 잔심부름을 시키기 위하여 고용한 사람.
옥양목(玉洋木) 생목(원래 그대로의 무명)보다 발이 고운 무명. 빛이 희고 얇다.

밑도 끝도 없는 말이다. 훈은 통 알 수가 없다.

"아들이 왔습네다!"

재차 아들이 왔노라고 하는 서 노인의 늘어진 눈시울에 눈물이 글썽 괸다.

"아들이라니요?"

"네, 아들이 있습네다."

훈은 서 노인을 따라 대문 밖으로 나갔다. 거기 젊은 군인이 군모를 벗어 들고 서 있다. 눈이 서글서글 큰 군인은 발을 모두어 서며 꾸벅 절을 한다.

작업복 깃에 육군 대위 계급이 반짝 한다.

"여러 가지로 감사합니다."

훈은 그저 서 노인과 군인의 얼굴만 번갈아 본다.

"전연 모르고 있었습니다. 돌아가신 것으로만 알고 있었습니다."

군인은 면목 없다는 듯이 또 한 번 머리를 숙인다.

단 둘이 살다 아들이 국민방위군에 소집되어 나갔더란다. 후에 돌아가 보니 집은 잿더미가 되었고 아무도 서 노인의 행방은 모르더란다. 그 후 찾기도 무척 찾았단다. 그러나 그건 그저 기

재차(再次) 두 번째. 또다시.
모두다 '모으다'의 사투리.
국민방위군(國民防衛軍) 전시에 신속하게 병력을 동원하기 위하여 1950년 12월에 제정한 국민방위군 설치법에 의해 편성한 군대. 1951년 5월에 해체하였다.

갈매기 79

적을 바라는 마음에서였다고 한다. 그런데 그 기적이 바로 한 시간 전에 일어났다는 것이다.

이 섬의 경비를 맡아 파견된 아들이 배에서 내려 지프차를 타고 시장 앞 다리를 건너던 때란다. 길에 사람들이 꽉 모여 섰더란다. 차를 세웠다.

물에 빠져 죽은 시체를 건졌다는 것이다. 아들은 차에서 내렸다. 아버지를 잃은 뒤로는 어쩐지 횡사한 시체를 꼭 들여다보게 된 그였다. 그런데 그건 젊은 부부의 시체더란다. 그는 커다란 안도감과 함께 그 어떤 엷은 실망을 느끼며 돌아섰단다. 그때 바로 앞에 그는 기적과 마주 섰더란다.

"참 잘됐습니다. 잘됐습니다."

훈은 그저 잘됐다고만 한다.

그 길로 서 노인은 떠났다. 한 십 리 떨어진 곳에 있는 아들의 부대로 가는 것이다.

큰길에까지 배웅을 나간 훈과 종과 또 박 노인과 김 노인이 늘어선 앞에 지프차 뒷자리에 올라앉은 서 노인은 얼빠진 사람 모양 말이 없다.

"그럼, 또 곧 찾아뵙겠습니다."

군인이 거수경례를 한다. 영문을 모르는 종은 아까부터 군인만 빤히 쳐다본다. 부르릉 엔진이 걸린다. 군인이 운전수 옆자

횡사(橫死) 뜻밖의 재앙으로 죽음.

리에 올랐다. 마악 차가 움직이는 때다. 서 노인이 황급히 목을 차 밖으로 내민다.

"선생님! 애기 잘 있어라. 다람쥐 도토리는 뒷산에……. 아니 산엔 가지 마. 그러구 박 노인, 김 노인……."

지프차가 언덕길을 넘어간다. 돌아서는 종의 스웨터 양호주머니에는 정말 알이 든 캐러멜이 한 갑씩 꽂혀 있다.

땅거미가 내리깔리자 등대에 불이 켜졌다. 오른쪽에는 빨간 등. 왼쪽에는 파란 등. 긴 물 댕기가 가물가물 움직인다. 달이 뜬다. 그 청홍 두 개의 등 바로 가운데로 수평선에 달이 끓어오른다. 멀리 아주 멀리 금빛 파도가 훈의 가슴을 향해 달을 굴려 온다.

딸애가 라디오의 스위치를 넣었나 보다. 무슨 드라마의 끝인가 기차가 들을 지나가는 소리가 들린다.

"누나, 누나, 이거 기차지?"

"그래."

"기차는 배보다 커?"

"그럼, 바보."

"배보다 빨라?"

"그럼!"

"연락선보다도?"

"그럼!"

"경비선보다도?"

"그럼! 바보야."

"누난 기차 타 봤어?"

"그럼!"

두 살 때 피난길에 화물차 꼭대기를 탄 제가 무슨 그때 기억이 있다고 그래도 뽐낸다.

"나도 기차 타 봤음!"

훈은 밖에 어두운 마루에 앉아 애들의 대화를 들으며 담배를 꺼내 문다.

"콜럼버스같이……."

마당으로 내려선다. 바둑이가 마루 밑에서 기어 나온다. 어느새 달은 꽤 높이 솟아올랐다. 가는 구름이 둥근 추석 달에 가로걸렸다. 어디선가 색소폰의 그 목쉰 소리가 들려오는 것 같다. 집시의 달.

훈은 맞은쪽을 건너다본다. 언제나 빤히 불이 켜져 있던 그 이 층 창문은 캄캄하다. 어쩐지 이제 자기도 이 포구를 떠나가야만 할 것 같은 생각이 든다. 그는 다시 달을 향해 선다. 밤에 어디로 가는 것일까, 갈매기가 두 마리 훨훨 달을 향해 저 앞으로 날아간다.

■「현대문학」 48호(1958. 12) ; 『현대한국문학전집 6 - 이범선 외』(신구문화사, 1981)

갈매기

● 등장인물 들여다보기

훈

주인공 훈은 6·25 전쟁 때 피난 내려온 부산에서 중학교 교사 자리를 얻어 섬으로 들어와 살게 됩니다. 칠 년이나 지난 이제는 피난민이 아니라 섬 주민이 다 되었지요. 훈에게는 아내와 다섯 살 짜리 아들 종(鐘), 초등학교 이 학년인 딸이 있습니다. 아침마다 훈은 딸애의 손을 잡고 학교에 가고, 아내와 종과 바둑이는 그들을 배웅합니다. 매일같이 비슷한 풍경을 바라보면서 훈은 지극히 단조로운 생활을 영위하고 있지요.

훈이 학교에서 어떤 교사인지, 집에서는 어떤 아버지, 어떤 남편인지, 그런 것은 별로 드러나 있지 않기 때문에 훈의 성격을 구체적으로 짚어 내기는 어렵습니다. 또한 6·25 전쟁 때 어디에서 어떻게 피난을 왔는지도 나와 있지 않기 때문에 그가 개인적으로 어떤 체험을 했는지, 그래서 어떤 피해와 상처를 입었는지 알 수 없습니다. 전쟁 탓에 흘러 들어온 이 고요하고 자그마한 섬에서 훈이 살아가는 모습은 방랑도 아니고 정착도 아닌 것 같습니다.

훈은 생활의 욕구나 열정을 겉으로 드러내지 않고 섬이라는 자연 속에 조용히 침잠해 있는 상태에서 그저 삶과 주변을 응시하는 인물입니다. 다만, 갈매기 다방에서 색소폰으로 연주한 〈집시의 달〉을 들을 때마다 무언가에 붙들린 듯 꼼짝도 할 수 없게 되는 모습에서 그가 어떤 외로움과 그리움을 가슴속에 담고 살아가는 중년 남자라는 것은 짐작할 수 있습니다. 그런데 갈매기 다방 주인 부부의 죽음을 계기로 훈의 마음속에도 작은 변화의 기운이 감돌기 시작합니다. "어쩐지 이제 자기도 이 포구를 떠나가야만 할 것 같은 생각이 든다."는 결말의 구절에서 그런 변화를 눈치 챌 수 있는데요, '달을 향해 날아가는 갈매기'야말로 포구를 떠나 자유로운 삶을 꿈꾸는 훈의 속마음을 넌지시 드러내는 표현이 아닐까 생각합니다.

서 노인

훈이네 집에서 거리까지 가는 도중에는 아주 초라한 오막살이가 딱 한 채 있는데, 거기에는 노인 거지 세 사람이 살고 있습니다. 세 노인은 할 일이 없어 바다를 바라보기만 하므로 '신선'이라는 별명을 붙여 주었지요. 그 중 늘 훈이네 집으로 오는 것은 신선 일 호인 서 노인입니다. 그는 은빛 머리카락에 셋 중 풍채가 제일 좋지요. 남은 밥이 없으면 훈의 아내가 걱정을 하고 바둑이도 알아보고 반길 정도니까 거지라기보다는 손님 같습니다.

언젠가 며칠 동안 서 노인이 앓아누웠을 때에는 딸과 아들 종에게 우유죽을 들려 오막살이에 심부름을 보낸 적이 있습니다. 그러자 서 노인은 고마움의 표시였는지 일 년 동안 방 안에서 키웠다는 다람쥐를 종에게 선물로 주지요. 그 후 종은 담배꽁초를 까서 빈 캐러멜 갑에 넣어 서 노인에게 주고, 서 노인은 거기에 다람쥐 먹이인 도토리를 가득 채워 종에게 주면서 사이좋은 이웃이 되었습니다.

　그러다가 어느 해 추석 날 서 노인은 기적처럼 아들을 만나 섬을 떠난다면서 훈을 찾아옵니다. 육군 대위 계급장을 단 젊은 군인 아들은 부친이 돌아가신 것으로만 알고 있었는데, 마침 경비 임무를 띠고 섬에 파견되었다가 물에 빠져 죽은 시체 때문에 발길을 멈추었고, 거기에서 서 노인와 마주치게 되었다는 것입니다. 이제 서 노인은 아들과 함께 아들이 소속한 부대가 있는 곳으로 떠납니다. 인품도 풍채도 신선 같았던 서 노인이 거처를 옮기는 것은 섬에 어떤 변화가 일어날 것 같은 징조로 보입니다.

종

훈의 아들 종은 다섯 살밖에 안 되었지만, 배를 하도 좋아해서 아침저녁으로 연락선이 뱃고동을 울리기만 하면 밥을 먹다가도 대문 밖으로 뛰어나갑니다. 그런 다음 다섯 살짜리 치고 꽤 조숙한 포즈로 집 앞에 있는 소바위 위에 앉아 하염없이 연락선을 지켜봅니다. 포구에 도착한 배에서 사람과 물건이 내려오는 것을 보면서 종은 어느 동화 속 소년처럼 꿈을 꿉니다. 종에게 배가 동경의 대상이 된 까닭은 마지막 부분에 나오는, 종과 누나의 대화를 통해 짐작해 볼 수 있습니다. 종은 누나에게 기차가 배보다 빠르고 크냐고 묻는데요, 여기에서 종은 누나가 알려 준 정보를 통해 기차에 대한 동경을 품습니다. 한마디로 종에게 배나 기차는 자유로운 이동과 바깥세상으로의 진출을 꿈꾸게 해 주는 매개체인 것이지요.

　이렇게 무언가를 그리워하는 성격은 훈과 다방 주인에게 공감을 일으키는 듯합니다. 그들 두 사람은 종의 모습을 멀찌감치 바라보며 짧은 대화를 나누는데요, 다방 주인은 자신이 색소폰을 좋아하는 것과 종이 배를 좋아하는 것이 닮았다고 말하면서도 종을 콜럼버스에 비유합니다. 아마도 기성세대이자 불구의 몸이 된 자신의 동경은 과거 지향적이고 정적인 데 비해, 장래의 희망인 어린 종의 동경은 신대륙을 발견한 콜럼버스처럼 장대하고 씩씩하다는 뜻을 함축하고 있는 말이 아닌가 합니다.

다방 주인

이 작품에 처음으로 갈매기 다방 주인이 등장하는 장면을 꼼꼼히 들여다 볼까요? 다방의 안방 문이 열리면서 마룻바닥에 발을 질질 끌며 한 걸음 한 걸음 걸어 나오는 그의 모습이 눈에 띄는군요. 그러고 나서 곧 그가 앞을 못 보는 맹인이라는 서술이 나옵니다. 어느 날 다방 한구석에서 은빛 색소폰을 어루만지고 있는 다방 주인을 보고 난 다음부터 훈은 다방 주인과 옛 친구처럼 가까워집니다. 막연한 그리움과 외로움을 깊이 간직한 두 남자의 마음이 통한 것이겠지요.

다방 주인 부부는 어떤 추억을 곱씹으며 외롭고도 슬프게 하루하루를 살아가는 사람들이었습니다. 그런데 추석을 나흘 앞두고 이틀 동안 거센 풍랑이 섬을 온통 뒤흔들어 놓은 다음, 다방 주인 부부가 죽었다는 소식이 훈에게 들려옵니다. 파도가 무섭게 몰아치던 날 밖에 나왔던 다방 주인이 잘못하여 물에 휩쓸려 들어갔고, 남편을 구하려다 부인마저 바다에 빠졌다는 것입니다. 훈은 그들

죽음의 실상을 알 수는 없다고 생각합니다. 삶에 대한 어떤 집착이나 욕망도 초탈한 듯한 그들 부부였던 만큼, 어쩌면 풍랑이라는 자연의 힘에 의탁하여 마치 이 세상에서 조용히 사라지듯 삶을 마감했을지도 모른다고 여기는 것이겠지요. 서 노인의 경우와 마찬가지로, 다방 부부의 죽음 역시 섬에 어떤 변화를 가져올 징후로 보입니다.

● 작품 Q&A

"선생님, 궁금해요!"

Q 이 작품은 섬이라는 공간을 배경으로 삼고 있는 점이 매우 독특한데요, 이러한 배경 설정으로 인해 어떤 효과를 얻고 있나요?

A 〈갈매기〉의 공간적 배경인 섬의 특징은 우선 '섬 안은 그대로 한집안'이라는 말에 집약되어 있습니다. 크기로 보나 인구로 보나 규모가 작은 곳이어서 사건이라 할 사건도 변변히 벌어지지 않는 곳이지요. 전쟁 직후에는 적에 대한 경계 태세를 유지하고 사회 혼란을 막기 위해 주민 관리가 엄격했는데요, 부산 같은 도회지에서는 신분을 증명해 주는 도민증이나 병적계가 없으면 목숨을 잃을

수도 있었다고 해요. 하지만 섬에서는 나그네까지도 쉽게 친구가 되어 버릴 만큼 서로 의심하거나 경계해야 할 인간관계가 존재하지 않지요. 따라서 섬에서는 자신의 신분을 증명할 도민증이나 병적계를 지니고 다닐 필요가 없습니다. 그만큼 섬에는 서로 믿고 의지하는 인정이 살아 있습니다.

여기에서 이 작품의 섬이 타지인 '육지' 혹은 '본토'와 대조적인 공간임을 알 수 있습니다. 섬의 공간이나 인간관계는 한마디로 육지와는 반대되는 특징을 갖는다고 할 수 있습니다. 아마도 이렇게 평화롭고 고요한 섬의 분위기는 전쟁으로 폐허가 된 육지라는 대립적 공간 없이는 성립하지 않을지도 모르지요. 이것이 바로 육지와 거리가 떨어져 있는 섬을 작품의 배경으로 설정한 의도일 것입니다.

그런 점에서 섬에서는 육지와 다른 질서가 통용됩니다. 시간의 질서도 육지와 달라 마치 한 해가 하루처럼 흘러갑니다. 그날이 그날처럼 아무런 사건도 없이 평온하게 흘러가는 것이지요. 그래서 이 작품에서는 지극히 단순한 섬의 생활을 정적인 '한 폭의 묵화'에 비유합니다. 섬 안의 일상은 늘 변함없는 풍경, 늘 똑같은 행동으로 이루어지는 것입니다.

〈학마을 사람들〉과 마찬가지로 〈갈매기〉는 이범선의 서정적인 작품 계열에 속합니다. 이들 작품에는 대부분 잃어버린 아름다운 세계에 대한 동경이 강하게 나타나 있는데, 이러한 특징을 뒷받침해주는 문학적 장치가 바로 '학마을'이나 '섬' 같은 원형적 공간입니다. 다시 말해 아름답고 이상적인 공간을 통해 현실에 존재하는 갈등이나 모순, 아픔이나 상처를 더욱 두드러지게 하는 효과를 얻는 것입니다. 물론 섬에도 갈등이나 아픔이 있습니다. 다방 주인 부부의 죽음, 서 노인의 구걸 등이 그것입니다. 하지만 다방 주인 부부의 죽음은 삶에 초연한 사랑의 숭고함으로, 서 노인의 구걸은 헤어졌던 아들과 만나는 행운으로 아름다운 결말을 맞이하지요.

이 세상의 현실은 섬 같은 곳일 수 없습니다. 섬 같은 이상적인 공간만 추구하는 것은 안이한 현실 도피에 지나지 않겠지요. 아무리 동경과 그리움으로 가득 찬 이상향이라 해도 그곳은 결코 현실이 아닐 테니까요. 이렇게 볼 때 섬은 6·25 전쟁으로 인해 사라져 버린 아름다운 세계를 상징한다고 볼 수 있을 것입니다.

Q 이 작품의 주요 제재인 '갈매기 다방'은 공간의 구조도 그렇고 주인 부부의 모습도 그렇고, 묘한 재미를 더해 주는 것 같아요. 갈매기 다방에서 읽어 낼 수 있는 흥미로운 점을 이야기해 주세요.

A 여러분 세대에게는 다방이라는 말 대신 '커피숍'이나 '카페'라는 말이 익숙할 테니 다방의 이미지를 떠올리기가 쉽지 않을지도 모르겠어요. 시적인 분위기에 함빡 젖어 있는 이 작품에는 조그만 포구에 위치한 갈매기 다방이 나옵니다. 어쩌면 작디작은 포구의 유일한 다방이 아닐까 싶네요. 그 다방은 대개 비어 있는데, 손님이 없을 뿐 아니라 주인마저 없는 때가 많다는 대목에서 얼마나 한적한 다방인지 알 수 있어요. 장사가 잘 안되어 망한다든가, 옆 가게와 경쟁한다든가, 가게 임대료 때문에 버거워한다든가 하는, 현실의 다방이 보여 주는 모습과는 전혀 다르지요.

갈매기 다방은 피난 온 부부가 일본인이 살다 간 목조건물 이 층을 개조해서 차린 것입니다. 다방 창가에 앉으면 창문을 스치고 지나가는 갈매기가 손에 잡힐 듯한, 창 밑이 바로 바다인 곳이지요. 삐걱거리는 층계를 올라 이 층으로 올라가면 베니어판으로 만든 다방 문이 있는데, 그 문은 일본식 그대로 옆으로 열게 되어 있습니다. 다방의 주방은 예전에 일본인이 빨래를 널던 곳을 개조해서 마련했습니다. 거기에서 다방 안주인은 풍로에 불을 피워 커피 물을 끓입니다. 이 다방에는 별실이 하나 있는데, 그곳은 일본인의 붙박이 옷장을 뜯어내고 그 자리에 테이블과 걸상을 들여놓은 다음 노랑색 커튼으로 가린 공간입니다. 연인이 좋아할 만한 귀엽고 은밀한 공간인 것 같죠? 일본식 목조건물은 주인 부부의 아기자기한 취향으로 갈매기 다방이라는 아담하고 예쁜 휴식 공간으로 다시 태어난 것 같네요.

주인공 훈이 갈매기 다방에 들러 커피를 주문하면 안주인은 먼저 안방 문을 열고 남편에게 훈이 왔다고 알린 다음, 안방 뒤로 난 창문턱을 넘어 주방으로 갑니다. 그러는 동안 앞을 못 보는 다방 주인이 나와 훈과 인사를 나누지요. 그가 왜 맹인이 되었으며 두 사람은 왜 섬으로 피난을 오게 되었는지 독자는 알 수 없습니다. 그러나 훈의 눈에는 그들이 추억을 약처럼 갈아 마시며 외롭고 슬프지만 담담하게 하루하루를 살아가는 것처럼 보입니다.

이렇듯 바닷가에 위치한 아늑하고 조촐한 갈매기 다방은 고즈넉한 이 섬의 분위기와 아주 잘 어울립니다. 한없이 고적하면서도 따뜻한 분위기는 다방 주인 부부의 성격과 모습을 살려 주는 역할을

합니다. 색소폰을 어루만지며 그리움의 정서에 젖는 맹인 남편의 모습이나 그를 보살피며 커피를 끓여 내는 단아한 아내는 그야말로 평화롭게 살아가는 듯합니다. 그러나 너무도 평화스러워 보이기 때문에 도리어 겉으로 드러나지 않은 엄청난 상처와 아픔이 있을 것 같은 생각이 듭니다. 그들 부부가 마치 운명의 어두운 그림자에 빨려 들어간 것처럼 갑자기 파도에 휩쓸려 죽은 것도 그런 사연이 있기 때문이 아닐까요.

Q 이 작품의 인물들은 모두 선하고 인정이 넘치는 것 같아요. 이 작품에 나오는 인간관계의 특징은 무엇인가요?

A 그렇지요. 〈학마을 사람들〉에서는 바우가 악역을 맡았는데, 〈갈매기〉에는 악인이 한 사람도 나오지 않아요. 하다못해 구걸하는 서 노인조차 매우 품위 있는 노인으로 나오지요. 그는 걸식은 해도 억지를 부리는 법이 없습니다. 흔히 떠오르는 거지 이미지와는 완전히 딴판이지요. 풍채 좋고 인품 좋은 서 노인은 어두운 뒷골목이나 마을의 다리 밑에서 거처하며 때로는 불쾌하고 위협적으로 다가오는 거지와는 달리, 기품 있는 손님 혹은 이웃으로 보입니다. 훈네 가족은 서 노인이 찾아오기를 기다리기도 하고, 그가 앓아누웠을 때 우유죽을 끓여다 보내 주기도 합니다. 그 보답으로 서 노인은 정들여 길들인 다람쥐를 종에게 선물로 주며, 다람쥐가 먹을 도토리를 주워서 보내 주지요. 이들은 이해타산이나 세속적인 가치를 초월하여 소박하고 인간적인 인정을 보여 줍니다.

훈과 갈매기 다방 주인 부부도 손님과 가게 주인의 관계를 넘어

서서 서로 마음이 통하는 친구로서 은은한 우정을 나눕니다. 그다지 많은 대화가 오가지는 않지만, 오히려 말이 별로 없기 때문에 그들의 공감대는 더욱 돈독하게 느껴집니다. 부부가 죽었다는 소식을 들었을 때도 훈의 감정은 꽤 절제되어 있습니다. 다만 바다를 볼 때마다 훈은 꼭 껴안고 물로 뛰어드는 젊은 부부를 생각했다고 하여 누구보다도 그들의 죽음을 이해하는 듯한 모습을 보입니다.

이렇게 보면 이 작품에 나오는 인물들 사이에는 어떤 갈등이나 다툼도 없습니다. 섬 바깥에서는 전쟁으로 인해 서로를 죽고 죽이는 극단적인 갈등이 넘쳐났을 것이고 그로 인한 상흔으로 고통 받는 사람들이 많았을 텐데도 말이지요. 한마디로 이 섬에는 자연스레 인정을 베풀고 서로의 아픔을 보듬어 주는 선량한 인간들의 관계만 그려져 있습니다.

Q 훈의 아들인 종은 이름도 나오고 성격도 특이한 것으로 그려지지만, 훈의 딸은 이름조차 안 나오는데요. 이 점에 대해 어떻게 해석하면 좋을까요?

A 네, 이 작품을 정말 꼼꼼하게 읽었군요. 사소해 보이지만 중요한 점을 발견한 것 같아 아주 대견해요. 우선 같은 작가의 〈오발탄〉을 떠올려 볼까요? 주인공 철호의 어머니, 여동생, 아내 등 여성 인물들은 벙어리가 아닌데도 말을 하지 않거나 말을 잃어 버린 것으로 나옵니다. 〈학마을 사람들〉은 어떤가요? 여기에서도 탄실이, 봉네 같은 여성 인물은 그저 삼각관계에 빠진 여성으로 나올 뿐, 자신들의 성격을 뚜렷이 나타내거나 자기 이야기를 토해 내고 있지 않

아요. 여성 인물을 둘러싼 이범선 작가의 이런 경향이 〈갈매기〉의 여성 인물에서도 여전히 이어지고 있는 듯해요.

우선 주인공 훈의 아내는 존재감이 별로 없어요. 대사가 한 마디도 없지요. 또한 다방 주인의 아내는 훈과 몇 마디 대화를 나누기는 하는데, 역시 별다른 역할이 없어요. 아빠와 매일 함께 등교하는 훈의 딸은 훈의 가정적인 모습을 돋보이게 합니다. 아마도 그애의 가장 뚜렷한 역할은 동생 종에게 배보다 훨씬 크고 빠른 기차의 존재를 알려 준다는 점일 겁니다.

그런데 흥미롭게도 훈의 아내, 다방 주인의 아내, 훈의 딸은 모두 이름이 없네요. 등장 인물에게 반드시 이름을 붙여야 하는 것은 아니니까 작가에게 어떤 의도가 있어서 일부러 이름을 생략한 것은 아니겠지요. 작가는 그저 그들한테 이름을 붙여야 할 필요성을 못 느낀 것이 아닐까 합니다. 따라서 훈의 아들과 딸이 드러내는 차이는 남성인물에 비중을 두는 작가의 태도를 반영한다고 볼 수 있어요. 개성이나 독립성이 부족한 여성 인물이 등장하는 점을 이범선의 작품 세계가 보여 주는 특징 중 하나로 꼽을 수도 있을 것 같습니다.

Q 이 작품이 이야기하고자 한 바는 무엇인가요?

A 전쟁을 겪지 않은 우리는 쉽게 상상하기 어렵겠지만, 같은 민족이 서로 죽이며 파괴를 일삼은 전쟁은 그 무엇보다도 한국 사회에 엄청난 충격을 가했을 것입니다. 사회 전체에는 불신과 증오와 불안이 가득하고 물질적 궁핍으로 인해 인간성이 피폐해졌겠지요.

나아가 그때까지 통하던 인정이나 도덕이 한꺼번에 무너지는 체험을 통해 심각한 가치관의 붕괴와 혼란이 초래되었을 것입니다. 〈갈매기〉에는 이러한 현실에 대한 작가 이범선의 메시지가 들어 있는데, 그것은 바로 치유라고 할 수 있습니다.

  섬이라는 공간은 부패와 부정으로 혼란스럽고 불안한 사회와 거리를 두고 있을 뿐 아니라 언제나 따뜻한 온정과 배려의 마음으로 가득 차 있습니다. 훈네 가족을 비롯하여 서 노인이나 갈매기 다방의 주인 부부 같은 등장인물들은 속으로 아픔을 삼키고 있을지언정 서로 나누고 보듬어 주는 인간적 가치를 저버리지 않지요. 따라서 이 작품은 보통 사람들이 입었을 상처를 위로하고 전쟁으로 인해 무너져 버린 가치관을 다시 한 번 제대로 세우고자 하는 주제 의식을 담고 있다고 할 수 있을 것입니다.

✸ 더 읽어 봅시다 ✸

6·25 전쟁의 비극성을 서정적으로 풀어 낸, 작가의 또 다른 작품.
이범선, 〈수심가〉 _민네 집에서 머슴으로 반평생을 지내온 천식은 민에게 언제나 마음씨 좋은 아저씨였지만, 해방 후 토지개혁을 실시한 이북에서 두 사람은 갑자기 계급적으로 적대 관계에 놓이고 만다. 술에 취한 민을 등에 업은 천식이 민에게 자기가 업어서 삼팔선을 넘겨 줄 테니 걱정하지 말라고 하는 대목에서 본래적인 인간관계란 계급 차이 이전의 사람과 사람이 나누는 따뜻한 인정에 바탕이 있음을 말하는 작품이다.

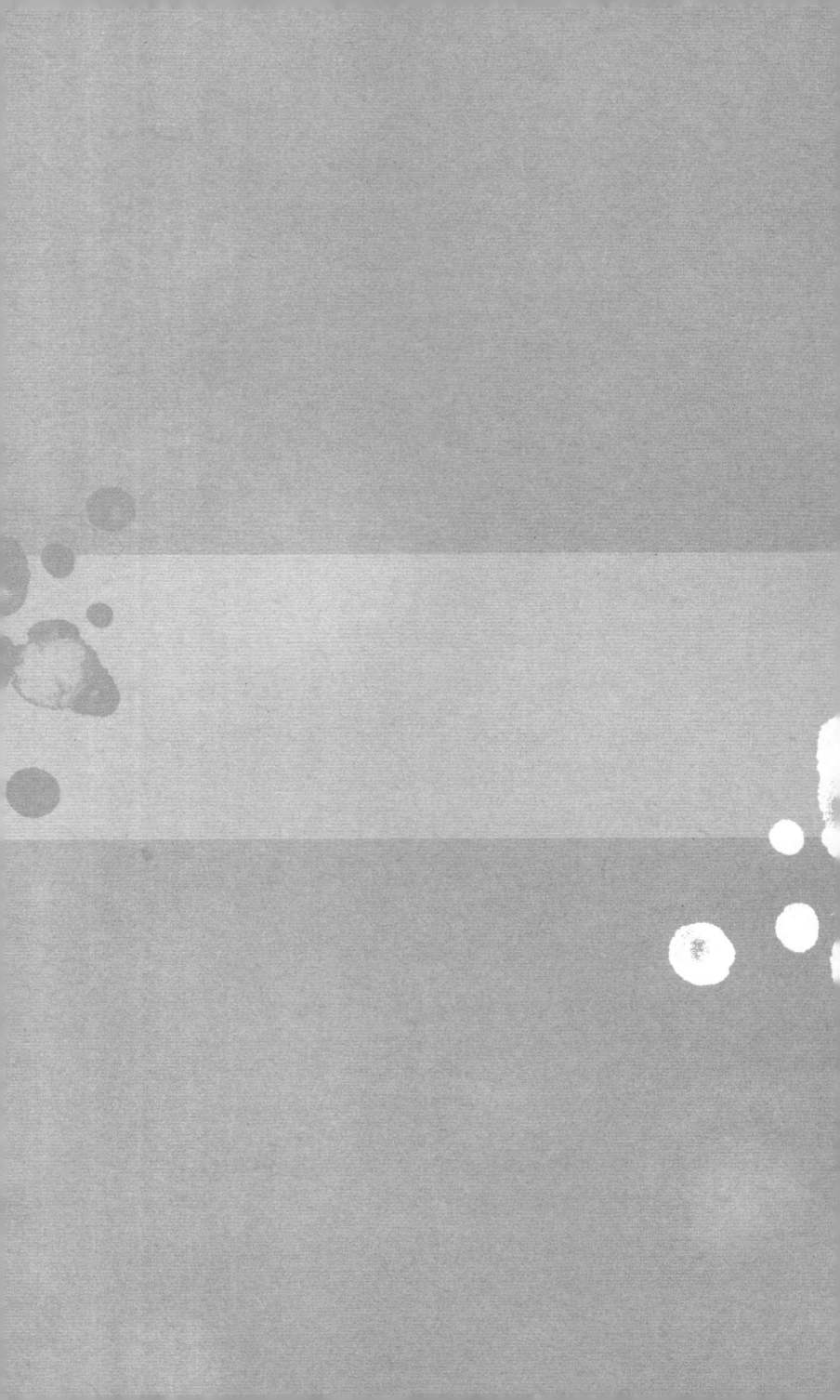

오발탄

분단이 되자 지주 계급이라는 이유로, 북한에 들어선 공산 정권에 의해 추방당한 철호네 가족은 생존을 위해 하는 수 없이 남쪽으로 내려오지만, 월남민의 생활은 가난하고 비참하기 짝이 없습니다. 가장으로서 생계를 책임지고 있는 철호는 열악한 상황에서도 소시민적 윤리와 양심을 지키면서 열심히 살아가려 하지만, 그의 가족은 절망의 구렁텅이에서 빠져나오지 못한 채 파멸로 치닫습니다. 어두운 현실에 처해 있는 철호의 앞날에는 과연 어떠한 운명이 기다리고 있을까요?

오발탄(誤發彈) 잘못 쏜 탄환.

계리사(計理士) 사무실 서기 송철호(宋哲浩)는 여섯 시가 넘도록 사무실 한구석 자기 자리에 멍청하니 앉아 있었다. 무슨 미진한 사무가 있는 것도 아니었다. 장부는 벌써 접어 치운 지 오래고 그야말로 멍청하니 그저 앉아 있는 것이었다. 딴 친구들은 눈으로 시계 바늘을 밀어 올리다시피 다섯 시를 기다려 휘딱 나가 버렸다. 그런데 점심도 못 먹은 철호는 허기가 나서만이 아니라 갈 데도 없었다.
  "송 선생님은 안 나가세요?"
  이제 청소를 해야 할 테니 그만 나가 달라는 투의 사환 애의 말에 철호는 다 낡아빠진 해군 작업복 저고리 호주머니에 깊숙

계리사(計理士) '공인회계사'의 전 용어. 회계에 관한 감사, 감정, 계산, 정리, 입안, 세무 대리 따위를 전문적으로 처리할 수 있는 법적 자격을 갖춘 사람.
미진하다(未盡--) 아직 다하지 못하다.
사환(使喚) 관청이나 회사, 가게 따위에서 잔심부름을 시키기 위하여 고용한 사람.

이 찌르고 있던 두 손을 빼내어서 무겁게 책상 위에 올려놓았다.

"나가야지."

하품 같은 대답이었다.

사환 애는 저쪽 구석에서부터 비질을 하기 시작하였다. 먼지가 사정없이 철호의 얼굴로 몰려왔다.

철호는 어슬렁 일어섰다. 이쪽 모서리 창가로 갔다. 바께쓰의 물을 대야에 따랐다. 두 손을 끝에서부터 가만히 물속에 담갔다. 아직 이른 봄이라 물이 꽤 손끝에 시렸다. 철호는 물속에 잠긴 두 손을 물끄러미 내려다보고 있었다. 펜대에 시달린 오른손 장지 첫 마디에 콩알만 한 못이 박혔다. 그 못에서 파란 명주실 같은 것이 사르르 물속으로 풀려났다. 잉크. 그것은 잠시 대야 밑바닥을 기다 말고 사뿐히 위로 떠올라 안개처럼 연하게 피어서 사방으로 번져 나갔다. 손가락 끝을 중심으로 하고 그 색의 농도가 점점 연해져 갔다. 맑게 갠 가을 하늘색으로 대야 가장자리까지 번져 나간 그것은 다시 중심의 손끝을 향해 접어들며 약간 진한 파랑색으로 달무리 모양 그런 둥그런 원을 그렸다.

피! 이건 분명히 피다!

철호는 엉뚱한 생각을 하고 있었다. 슬그머니 물속에서 손을 빼냈다. 그러자 이번엔 대야 밑바닥에 한 사나이의 얼굴을 보았

바께쓰 한 손으로 들 수 있도록 손잡이를 단 통. 영어 'bucket'의 일본식 발음에서 온 말로 '양동이'로 순화.
달무리 달 언저리에 둥그렇게 생기는 구름 같은 허연 테.

다. 철호의 눈을 마주 쳐다보는 그 사나이는 얼굴의 온 근육을 이상스레 히물히물 움직이며 입을 비죽거려 웃고 있었다.

이마에 길게 흐트러진 머리카락. 그 밑에 우묵하니 파인 두 눈. 깎아진 볼. 날카롭게 여윈 턱. 송장처럼 꺼멓고 윤기 없는 얼굴. 그것은 까마득한 원시인의 한 사나이였다.

몽둥이 끝에, 모난 돌을 하나 칡넝쿨로 아무렇게나 잡아매서 들고, 동굴 속에 남겨 두고 나온 식구들을 위하여 온종일 숲속을 맨발로 헤매고 다니던 사나이.

곰? 그건 용기가 부족하다.

멧돼지? 힘이 모자란다.

노루? 너무 날쌔어서.

꿩? 그놈은 하늘을 난다.

토끼? 토끼. 그래, 고놈쯤은 꽤 때려잡음직하다. 그런데 그것마저 요즈음은 몫에 잘 돌아오지 않는다. 사냥꾼이 너무 많다. 토끼보다도 더 많다.

그래도 무어든 들고 들어가야 하는 것이다.

사나이는 바위 잔등에 무릎을 꿇고 앉아 냇물에 손을 씻는다. 파란 물속에 빨간 노을이 잠겼다. 끈적끈적하게 사나이의 손에 묻었던 피가 노을빛보다 더 진하게 우러난다.

무엇인가 때려잡은 모양이다. 곰? 멧돼지? 노루? 꿩? 토끼?

그런데 사나이가 들고 일어선 것은 그 어느 것도 아니었다. 보기에도 징그러운 내장. 그것이 무슨 짐승의 내장인지는 사나이 자신도 모른다. 사나이는 그 짐승의 머리도 꼬리도 못 보았다. 누군가가 숲속에 끌어내어 버린 것을 주워 오는 것이었다.

철호는 옆에 놓인 비누를 집어 들었다. 마구 두 손바닥으로 부볐다. 오구구 까닭 모를 울분이 끓어올랐다.

빈 도시락마저 들지 않은 손이 홀가분해 좋긴 하였지만, 해방촌 고개를 추어오르기에는 뱃속이 너무 허전했다.

산비탈을 도려내고 무질서하게 주워 붙인 판잣집들이었다. 철호는 골목으로 접어들었다. 레이션 갑을 뜯어 덮은 처마가 어깨를 스칠 만치 비좁은 골목이었다. 부엌에서들 아무 데나 마구 버린 뜨물이 미끄러운 길에는 구공탄 재가 군데군데 헌 데 더뎅이 모양 깔렸다.

저만치 골목 막다른 곳에, 누런 시멘트 부대 종이를 흰 실로 얼기설기 문살에 얽어맨 철호네 집 방문이 보였다. 철호는 때에 절어서 마치 가죽 끈처럼 된 헝겊이 달린 문걸쇠를 잡아당겼다. 손가락이라도 드나들 만치 엉성한 문이면서 찌걱찌걱 집혀서

추어오르다 밑에서 위로 오르다.
레이션(ration) 미군의 전투 식량. 간편하게 지니고 다니거나 먹을 수 있도록 만든 식량으로 통조림, 비스킷, 커피, 껌, 각설탕, 담배, 화장지, 스푼 등이 들어 있었다.
뜨물 곡식을 씻어 내 부옇게 된 물.
구공탄(九孔炭) 구멍이 뚫린 연탄을 통틀어 이르는 말.
더뎅이 부스럼 딱지나 때 따위가 거듭 붙어서 된 조각. 여기에서의 '헌 데 더뎅이'는 '상처가 난 곳에 붙은 딱지'를 의미함.
문살(門-) 문짝에 종이를 바르거나 유리를 끼우는 데에 뼈가 되는 나무오리나 대오리.
　오리 실, 나무, 대 따위의 가늘고 긴 조각.

잘 열리지를 않았다. 아래가 잔뜩 집힌 채 비틀어진 문 틈으로 그의 어머니의 소리가 새어 나왔다.

"가자! 가자!"

미치면 목소리마저 변하는 모양이었다. 그것은 이미 그의 어머니의 조용하고 부드럽던 그 목소리가 아니고, 쨍쨍하고 간사한 게 어떤 딴 사람의 목소리였다.

문을 열고 들어서는 철호의 얼굴에 걸레 썩는 냄새 같은 것이 확 풍겨 왔다. 철호는 문 안에 들어선 채 우두커니 아랫목을 내려다보고 있었다.

중학교 시절에 박물관에서 미라를 본 일이 있었다. 그건 꼭 솜 누더기에 싸 놓은 미라였다. 흰 머리카락은 한 오리도 제대로 놓인 것이 없었다. 그대로 수세미였다. 그 어머니는 벽을 향해 돌아누워서 마치 딸꾹질처럼 일정한 사이를 두고, 가자 가자 하는 외마디 소리를 지르고 있었다. 그 해골 같은 몸에서 어떻게 그런 쨍쨍한 소리가 나오는지 이상하였다.

철호는 윗방으로 올라가 털썩 벽에 기대어 앉아 버렸다. 가슴에 커다란 납덩어리를 올려놓은 것 같았다. 정말 엉엉 소리를 내어 울고 싶었다. 눈을 꼭 내리감으며 애써 침을 삼켰다.

두 달 전까지만 해도 철호는 저녁때 일터에서 돌아오면, 어머니야 알아듣건 말건 그래도 어머니 지금 돌아왔습니다 하고 인사를 하곤 하였다. 그러나 요즈음은 그것마저 안 하게 되었다. 그저 한참 물끄러미 굽어보고 섰다가 그대로 윗방으로 올라와 버리는 것이었다.

컴컴한 구석에 앉아 있던 철호의 아내가 슬그머니 일어섰다. 담요 바지 무릎을 한쪽은 꺼멍, 또 한쪽은 회색으로 기웠다. 만삭이 되어서 꼭 바가지를 엎어 놓은 것 같은 배를 안은 아내는 몽유병자처럼 철호의 앞을 지나 나갔다. 부엌으로 나가는 것이었다. 분명 벙어리는 아닌데 아내는 말이 없었다.

"아버지."

철호는 누가 꼭대기를 쿡 쥐어박기나 한 것처럼 흠칠했다.

바로 옆에 다섯 살 난 딸애가 눈을 동그랗게 뜨고 철호를 쳐다보고 있었다. 철호는 어린것에게로 얼굴을 돌렸다. 웃어 보이려는 철호의 얼굴이 도리어 흉하게 이지러졌다.

"나아, 삼춘이 나이롱 치마 사준댔다."

"응."

"그리구 구두두 사준댔다."

"응."

"그러면 나 엄마하고 화신 구경 간다."

"……."

철호는 그저, 어린것의 노랗게 뜬 얼굴을 바라보고 있을 뿐

흠칠하다 몸을 반사적으로 움직이며 갑자기 놀라 떨다.
나이롱 나일론(nylon). 합성 섬유로, 가볍고 부드럽고 탄력성이 강하나 습기를 빨아들이는 힘이 약하다. 의류, 낙하산 따위에 쓰이며, 상표명에서 나온 말이다.
화신 1931년에 서울 종로에 설립되었던 화신 백화점(和信百貨店)을 가리킨다. 최초의 백화점으로 근대 문물의 상징이었다.

오발탄

이었다. 철호의 헌 셔츠 허리통을 잘라서 위에 끈을 꿰어 스커트로 입은 딸애는 짝짝이 양말 목다리에다 어디서 주운 것인지 가는 고무줄을 끼웠다.

"가자! 가자!"

아랫방에서 또 어머니의 그 저주 같은 소리가 들려왔다. 벌써 칠 년을 두고 들어 와도 전연 모를 그 어떤 딴 사람의 목소리.

철호는 또 눈을 꼭 감았다. 머릿속의 녓줄이 팽팽히 헤워졌다. 두 주먹으로 무엇이건 콱 때려 부수고 싶은 충동에 철호는 어금니를 바서져라 맞씹었다.

좀 춥기는 해도 철호는 집 안보다 이 바위 잔등이 더 좋았다. 그래 철호는 저녁만 먹으면 언제나 이렇게 집 뒷산 등성이에 있는 바위 위에 두 무릎을 세워 안고 앉아서 하염없이 거리의 등불들을 바라보며 밤 깊기를 기다리는 것이었다. 어느 거리쯤인지 잘 분간할 수 없는 저 밑에서, 술 광고 네온사인이 핑그르르 돌고 깜빡 꺼졌다가 또 번뜩 켜지고, 핑그르르 돌고는 깜빡 꺼지고 하였다.

철호는 그저 언제까지나 그렇게 그 네온사인을 지켜보고 있었다.

목다리 목달이. 양말이나 장화 같은 신발의 목에 달린 부분.
녓줄 '신경'을 '뇌 속의 줄'에 비유해 표현한 말.
헤우다 줄 따위가 팽팽하게 당겨지다. 또는 그렇게 하다.
바서지다 조금 단단한 물체가 깨어져 여러 조각이 나다.

바위 잔등이 차츰차츰 식어 왔다. 마침내 다 식고 겨우 철호가 깔고 앉은 그 부분에만 약간 온기가 남았다. 이제 조금만 더 있으면 밑이 시려 올 것이다. 그러면 철호는 하는 수 없이 일어서야 하는 것이다.

드디어 철호는 일어섰다. 오래 까부려 붙이고 있던 두 다리가 저렸다. 두 손을 작업복 호주머니에 깊숙이 찔렀다. 철호는 밤하늘을 한번 쳐다보았다. 지금까지 바라보던 밤거리보다 더 화려하게 별들이 뿌려져 있었다. 철호는 그 많은 별들 가운데서 북두칠성을 찾아보았다. 머리를 뒤로 젖혀 하늘을 쳐다보는 채 빙그르르 그 자리에서 돌았다. 거꾸로 달린 물 주걱 같은 북두칠성은 쉽사리 찾아낼 수 있었다. 그 북두칠성 앞에 딴 별들보다 좀 크고 빛나는 별, 그건 북극성이었다. 철호는 지금 자기가 서 있는 지점과 북극성을 연결하는 직선을 밤하늘에 길게 그어 보았다. 그리고 그 선을 눈이 닿는 데까지 연장시켰다. 철호는 그렇게 정북(正北)을 향하여 한참이나 서 있었다. 고향 마을이 눈앞에 떠올랐다. 마을의 좁은 길까지, 아니 그 길에 박혀 있던 돌 하나까지도 선히 볼 수 있었다.

으스스 몸이 떨렸다. 한기(寒氣)가 전기처럼 발끝에서 튀어

까부리다 조금 가깝게 꼬부리다.
물 주걱 문맥상 '국자'를 의미하는 듯함. 국이나 액체 따위를 뜨는 데 쓰는 기구.
정북(正北) 똑바른 북쪽.
선히 잊히지 않고 눈앞에 생생하게 보이는 듯이.
한기(寒氣) 추운 기운.

콧구멍으로 빠져나갔다. 철호는 크게 재채기를 하였다. 그리고 또 한 번 부르르 몸을 떨며 바위 밑으로 내려왔다.

철호는 천천히 골목 안으로 들어섰다.

"가자!"

철호는 멈칫 섰다. 낮에는 이렇게까지 멀리 들리는 줄은 미처 몰랐던 어머니의 그 소리가 골목 어귀에까지 들려왔다.

"가자!"

그러나 언제까지 그렇게 골목에 서 있을 수도 없는 노릇이었다. 철호는 다시 발을 옮겨 놓았다. 정말 무거운 발걸음이었다. 그건 다리가 저려서만이 아니었다.

"가자!"

철호가 그의 집 쪽으로 걸음을 옮겨 놓을 때마다 그만큼 그 소리는 더 크게 들려왔다.

가자는 것이었다. 돌아가자는 것이었다. 고향으로 돌아가자는 것이었다. 옛날로 되돌아가자는 것이었다. 그것은 이렇게 정신 이상이 생기기 전부터 철호의 어머니가 입버릇처럼 되풀이하던 말이었다.

삼팔선, 그것은 아무리 자세히 설명을 해 주어도 철호의 늙은 어머니에게만은 아무 소용없는 일이었다.

"난 모르겠다. 암만해도 난 모르겠다. 삼팔선, 그래 거기에다 하늘에 꾹 닿도록 담을 쌓았단 말이냐, 어쨌단 말이냐. 제 고장으로 제가 간다는데 그래 막을 놈이 도대체 누구란 말이냐?"

죽어도 고향에 돌아가서 죽고 싶다는 철호의 어머니였다. 그러고는,

"이게 어디 사람 사는 게냐? 하루 이틀도 아니고."
하며 한숨과 함께 무릎을 치며 꺼지듯이 풀썩 주저앉곤 하는 것이었다.

그럴 때마다 철호는,

"어머니, 그래도 남한은 이렇게 자유스럽지 않아요?"
하고 남한이니까 이렇게 생명을 부지하고 살 수 있지, 만일 북쪽 고향으로 간다면 당장에 죽는 것이라고, 자유라는 것이 얼마나 소중한 것인가를, 갖은 이야기를 다 예로 들어 가며 어머니에게 타일러 보는 것이었다. 그러나 자유라는 것을 늙은 어머니에게 이해시키기란 삼팔선을 인식시키기보다도 몇 백 갑절 더 힘드는 일이었다. 아니 그것은 거의 불가능한 일이라 했다. 그래 끝내 철호는 어머니에게 자유라는 것을 설명하는 일을 단념하고 말았다. 그렇게 되고 보니 철호의 어머니에게는 아들—지지리 고생을 하면서도 고향으로 돌아갈 생각만은 죽어도 하지 않는 철호가 무슨 까닭인지는 몰라도 늙은 어미를 잡으려고 공연한 고집을 피우고 있는 천하에 고약한 놈으로만 여겨지는 것이었다.

그야 철호에게도 어머니의 심정이 이해되지 않는 것은 아니었다.

갑절 배(倍).

무슨 하늘이 알 만큼 큰 부자는 아니었지만 그래도 꽤 큰 지주로서 한 마을의 주인 격으로 제법 풍족하게 평생을 살아오던 철호의 어머니 눈에는 아무리 그네가 세상을 모른다고 해도, 산등성이를 악착스레 깎아 내고 거기에다 게딱지 같은 판잣집을 다닥다닥 붙여 놓은 이 해방촌이 이름 그대로 해방촌(解放村)일 수는 없는 노릇이었다.

 "나두 내 나라를 찾았다게 기뻐서 울었다. 엉엉 울었다. 시집올 때 입었던 홍치마를 꺼내 입구 춤을 추었다. 그런데 이 꼴 좋다. 난 싫다. 아무래두 난 모르겠다. 뭐가 잘못 됐건 잘못 된 너머 세상이디 그래."

 철호의 어머니 생각에는 아무리 해도 모를 일이었던 것이었다. 나라를 찾았다면서 집을 잃어버려야 한다는 것은, 그것은 정말 알 수 없는 일이었던 것이었다.

 철호의 어머니는 남한으로 넘어온 후로 단 하루도 이 가자는 말을 하지 않은 날이 없었다.

 그렇게 지내 오던 그날, 육이오사변으로 바로 발 밑에 빤히 내려다보이는 용산 일대가 폭격으로 지옥처럼 무너져 나가던 날 끝내 철호는 어머니를 잃어버리고 말았던 것이었다.

 "큰애야, 이젠 정말 가자. 데것 봐라. 담이 홀싹 무너지는데. 삼팔선의 담이 데렇게 무너지는데, 야."

지주(地主) 1. 토지의 소유자. 2. 자신이 소유한 토지를 남에게 빌려 주고 땅값을 받는 사람.

그때부터 철호의 어머니는 완전히 정신 이상이었다. 지금의 어머니, 그것은 이미 철호의 어머니가 아니었다. 아무리 따져 보아도 그것이 철호 자기의 어머니일 수는 없었다. 세상에 아들딸마저 알아보지 못하는 어머니가 있을 수 있는 것일까? 그날부터 철호의 어머니는,

"가자! 가자!"

하고 저렇게 쨍쨍한 목소리로 외마디 소리를 지를 뿐 그 밖의 모든 것을 완전히 잃어버리고 있었다. 철호에게 있어서 지금의 어머니는 말하자면 어머니의 시체에 지나지 않았다.

뚫어진 창호지 구멍으로 그래도 희미한 불빛이 새어 나오고 있었다. 철호는 윗방 문을 열었다. 아랫방과 윗방 사이 문턱에 위태롭게 올려놓은 등잔이 개똥벌레처럼 가물거리고 있었다. 윗방 아랫목에는 딸애가 반듯이 누워서 잠이 들었다. 담요를 몸에다 돌돌 말고 반듯이 누운 것이 꼭 송장 같았다. 그 옆에 철호의 아내가 두 무릎을 꿇고 앉아 있었다. 꺼먼 헝겊과 회색 헝겊으로 기운 담요 바지 무릎 위에는 빨강색 유단으로 만든 조그마한 운동화가 한 켤레 놓여 있었다. 철호가 방 안에 들어서자 아내는 그 어린애의 빨간 신발을 모두어 자기 손바닥에 올려놓아 철호에게 들어 보였다.

유단(油單) 기름에 결은, 두껍고 질긴 큰 종이나 천.
결다 기름 따위가 흠씬 배다. 또는 그렇게 하다.

오발탄

"삼촌이 사 왔어요."

유난히 속눈썹이 긴 아내의 눈이 가늘게 웃었다. 참으로 오래간만에 보는 아내의 웃음이었다. 자기가 미인이었다는 것을 잊어버리고 만 지 오랜 아내처럼 또 오래 보지 못하여 거의 잊어버려 가던 아내의 웃는 얼굴이었다.

철호는 등잔이 놓인 문턱 가까이 가서 앉으며 아내의 손에서 빨간 어린애의 신발을 받아 눈앞에서 아래위를 살펴보았다.

"산보 갔었소?"

거기 등잔불을 사이에 두고 윗방을 향해 앉은 철호의 동생 영호(英浩)가 웃으며 철호를 쳐다보았다.

"언제 들어왔니?"

"지금 막 들어와 앉는 길입니다."

그러고 보니 영호는 아직 넥타이도 끄르지 않고 있었다.

"형님!"

새삼스레 부르는 동생의 소리에 철호는 손에 들었던 어린애의 신발을 아내에게 돌리며 영호의 얼굴을 빤히 바라보았다.

"이제 우리두 한번 살아 봅시다. 제길, 남 다 사는데 우리라구 밤낮 이렇게만 살겠수? 근사한 양옥도 한 채 사구, 장기판만 한 문패에다 형님의 이름 석 자를, 제길, 장님도 보게 써서 대못으로 땅땅 때려 박구 한번 살아 봅시다."

문패 주소, 이름 따위를 적어서 대문 위나 옆에 붙이는 작은 패.

군대에서 나온 지 이 년이 넘도록 아직 직업도 못 잡은 영호가 언제나 술만 취하면 하는 수작이었다.

"그리구 이천만 환짜리 세단 차도 한 대 삽시다. 거기다 똥통이나 싣고 다니게. 모든 새끼들이 아니꼬워서. 일이야 있건 없건 종일 빵빵 울리면서 동리를 들락날락해야지. 제길, 하하하."

비스듬히 벽에 기대어 앉은 영호는 벌겋게 열에 뜬 얼굴을 하고 담배 연기를 푸 내뿜었다.

"또 술 마셨구나."

고학으로 고생고생 다니던 대학 삼 학년에서 군대에 들어갔다가 나온 영호로서는, 특별한 기술이 없어 직업을 잡지 못하는 것은 별 도리도 없는 노릇이라 칠 수도 있었지만, 이건 어디서 어떻게 마시는 것인지 거의 저녁마다 이렇게 취해 들어오는 동생 영호가 몹시 못마땅한 철호의 말이었다.

"네, 조금 했습니다. 친구들이……."

그것도 들으나마나 늘 같은 대답이었다. 또 그것이 거짓말이 아니라는 것도 철호는 알고 있었다.

"이제 술 좀 그만 마셔라."

세단(sedan) 좀 납작한 상자 모양에 지붕이 있고, 운전석과 뒷좌석 사이에 칸막이를 하지 않았으며, 4~5명이 타게 되어 있는 보통 승용차.
동리(洞里) 마을.
고학(苦學) 학비를 스스로 벌어서 고생하며 배움.

"친구들과 어울리면 자연히 마시게 되는걸요."

"글쎄 그러니까 그 어울리는 걸 좀 삼가란 말이다."

"그럴 수도 없구요. 하하하."

"그렇다고 언제까지 그저 그렇게 어울려서 술이나 마시면 뭐가 되나?"

"되긴 뭐가 돼요? 그저 답답하니까 만나는 거구, 만나면 어찌어찌하다 한잔씩 하며 이야기나 하는 거죠 뭐."

"글세, 그게 맹랑한˙ 일이란 말이다."

"그렇지만 형님, 그런 친구들이라도 있다는 게 좋지 않수? 그게 시시한 친구들이라 해도, 정말이지 그놈들마저 없었더라면 어떻게 살 뻔했나 하고 생각할 때가 많아요. 외팔이, 절름발이, 그런 놈들. 무식한 놈들. 참 시시한 놈들이지요. 죽다 남은 놈들. 그렇지만 형님, 그놈들 다 착한 놈들이야요. 최소한 남을 속이지는 않거든요. 공갈˙은 때릴망정. 하하하하. 전우, 전우."

영호는 고개를 뒤로 젖히고 천정을 향해 후 담배 연기를 내뿜었다. 철호는 그저 물끄러미 영호의 모습을 쳐다볼 뿐 아무 말도 없었다. 영호는 여전히 천정을 향한 채 피어오르는 연기를 바라보며 한 손으로 목의 넥타이를 앞으로 잡아당겨 반쯤 풀어

맹랑하다(孟浪--) 생각하던 바와 달리 허망하다.
공갈(恐喝) 1. 공포를 느끼도록 윽박지르며 을러댐. 2. '거짓말'을 속되게 이르는 말.

늦추어 놓았다.

"가자!"

아랫목에서 어머니가 소리를 질렀다.

영호는 슬그머니 아랫목으로 고개를 돌렸다. 한참이나 그렇게 어머니 쪽으로 고개를 돌리고 있는 영호는 아무 말도 없이 그저 눈만 껌뻑껌뻑하고 있었다.

철호는 길게 한숨을 쉬었다. 앞에 놓인 등잔불이 거물거물 춤을 추었다. 철호는 저고리 호주머니에서 담배를 꺼냈다. 꼬깃꼬깃 구겨진 파랑새 갑 속에서 담배를 한 개비 뽑아냈다. 바삭바삭 마른 담배는 양끝이 반쯤 빠져 나갔다. 철호는 그 양끝을 비벼 말았다. 흡사 비거 모양으로 되었다. 철호는 그 비거 모양의 담배 한 끝을 입에다 물었다.

"이걸 피슈, 형님."

영호가 자기 앞에 놓였던 담뱃갑을 집어서 철호의 앞으로 내밀었다. 빨간색 양담배 갑이었다. 철호는 그 여느 것보다 좀 긴 양담배 갑을 한번 힐끔 쳐다보았을 뿐, 아무 소리도 없이 등잔불로 입에 문 파랑새 끝을 가져갔다. 영호는 등잔불 위에 꾸부린 형 철호의 어깨를 넌지시 바라보고 있었다. 지지지 소리가 났다. 앞이마에 흐트러져 내렸던 철호의 머리카락이 등잔불에

비거(vigour) 설탕이나 엿에 우유, 향료를 넣고 끓여서 굳혀 만든 사탕. 가락엿 모양으로 잘라서 낱개로 포장한다.
양담배(洋--) 서양에서 만든 담배. 주로 미국제 담배를 이른다.

타며 또르르 끝이 말려 올랐다. 철호는 얼굴을 들었다. 한 모금 빨자 벌써 손끝이 따갑게 꽁초가 되어 버린 담배를 입에서 뗐다. 천천히 연기를 내뿜는 철호의 미간에는 세로 석 줄의 깊은 주름이 패어졌다. 영호는 들었던 담뱃갑을 도로 방바닥에 내려놓았다. 그리고 조용히 등잔불로 시선을 떨구었다. 그의 입가에는 야릇한 웃음이—애달픈, 아니 그 누군가를 비웃는 듯한, 그런 미소가 천천히 흘러 지나갔다.

한참 동안 아무도 말이 없었다.

"가자!"

아랫방 아랫목에서 몸을 뒤채는 어머니가 잠꼬대를 했다. 어머니는 이제 꿈속에서마저 생활을 잃어버린 모양이었다. 아주 낮은 그 소리는 한숨처럼 느리게 아래 윗방에 가득 차 흘러 사라졌다.

여전히 아무도 말이 없었다.

철호는 꽁초를 손끝에 꼬집어 쥔 채 넋 빠진 사람 모양 가물거리는 등잔불을 지켜보고 있었고, 동생 영호는 비스듬히 벽에 기대어 앉은 채 철호의 손끝에서 타고 있는 담배꽁초를 바라보고 있었고, 철호의 아내는 잠든 딸애의 머리맡에 가지런히 놓인 빨간 신발을 요리조리 매만지고 있었다.

"가자!"

또 한 번 어머니의 소리가 저 땅 밑에서 새어 나오듯이 들려왔다.

"형님은 제가 이렇게 양담배를 피우는 게 못마땅하지요?"

영호는 반쯤 탄 담배를 자기의 눈앞에 가져다 그 빨간 불티를 들여다보며 말했다.

"분에 맞지 않지."

철호는 여전히 등잔불을 바라보며 대답했다.

"그렇지만 형님, 형님은 파랑새와 양담배와 두 가지 중에서 어느 것이 더 좋으슈?"

"……? 그야 양담배가 좋지. 그래서?"

그래서 너는 보리밥도 못 버는 녀석이 그래 좋은 것은 알아서 양담배를 피우는 거냐 하는 철호의 눈초리가 번뜩 영호의 면상을 때렸다.

"그래서 전 양담배를 택했어요."

"뭐가?"

"형님은 절 오해하시고 계세요."

"……?"

"제가 무슨 돈이 있어서 양담배를 사서 피우겠어요? 어쩌다 친구들이 사 주는 것이니 피우는 거지요. 형님은 또 제가 거의 저녁마다 술을 마시고 또 제법 합승을 타고 들어오는 것도 못마땅하시죠? 저도 알고 있어요. 형님은 때때로 이십오

면상(面上) 얼굴 또는 얼굴 위.
합승(合乘) 다른 승객이 있는 택시를 함께 탐. 여기에서는 합승 택시의 준말로 쓰였다.

오발탄 115

환 전차 값도 없어서 종로서 근 십 리를 집에까지 터덜터덜 걸어서 돌아오시는 것을. 그렇지만 형님이 걸으신다고 해서, 한사코 같이 타고 가자는 친구들의 호의, 아니 그건 호의도 채 못 되는 싱거운 수작인지도 모르죠. 어쨌든 그것을 굳이 뿌리치고 저마저 걸어야 할 아무 까닭도 없지 않습니까? 이상한 놈들이죠. 술 담배는 사주고 합승은 태워 줘도 돈은 안 주거든요."

영호는 손끝으로 뱅글뱅글 비벼 돌리는 담뱃불을 들여다보며 말했다.

"어쨌든 너도 이젠 좀 정신 차려 줘야지. 벌써 군대에서 나온 지도 이태나 되지 않니."

"정신 차려야죠. 그러지 않아도 이달 안으로는 어찌 되든 간에 결판을 내구 말 생각입니다."

"어디 취직을 해야지."

"취직이오? 형님처럼요? 전차 값도 안 되는 월급을 받고 남의 살림이나 계산해 주란 말이지요?"

"그럼 뭐 별 뾰족한 수가 있는 줄 아니."

"있지요. 남처럼 용기만 조금 있으면."

"……?"

어처구니없는 영호의 수작에 철호는 그저 멍청하니 영호의

이태 두 해.

얼굴을 쳐다보았다. 손끝이 따가웠다. 철호는 비루 깡통으로 만든 재떨이에 담배를 비벼 껐다.

"용기?"

"네, 용기."

"용기라니?"

"적어도 까마귀만 한 용기만이라도 말입니다. 영리할 필요는 없더군요. 우둔해도 상관없어요. 까마귀는 도무지 허수아비를 무서워하지 않습니다. 참새처럼 영리하지 못한 탓으로 그놈의 까마귀는 애당초에 허수아비를 무서워할 줄조차 모르거든요."

영호의 입가에는 좀 전에 파랑새 꽁초에다 불을 당기는 철호를 바라보던 때와 같은 야릇한 웃음이 또 소리 없이 감돌고 있었다.

"너 설마 무슨 엉뚱한 계획을 세우고 있는 것은 아니겠지?"

철호는 약간 긴장한 얼굴을 하고 영호를 바라보며 꿀꺽 하고 침을 삼켰다.

"아니오. 엉뚱하긴 뭐가 엉뚱해요? 그저 우리들도 남처럼 다 벗어 던지고 홀가분한 몸차림으로 달려 보자는 것이죠 뭐."

"벗어 던지고?"

"네, 벗어 던지고. 양심(良心)이고, 윤리(倫理)고, 관습(慣習)이

비루 '맥주'를 뜻하는 영어 'beer'의 일본식 발음.

고, 법률(法律)이고, 다 벗어 던지고 말입니다."

영호의 큰 두 눈이 유난히 빛나는가 하자 철호의 눈을 정면으로 밀고 들었다.

"양심이고, 윤리고, 관습이고, 법률이고?"

"……."

"너는, 너는……."

영호는 아무 대답도 하지 않았다. 그러나 눈만은 똑바로 형 철호를 쳐다보고 있었다.

"그렇게나 살자면 이 형도 벌써 잘 살 수 있었다."

철호의 목소리는 떨리고 있었다.

"그렇게나라니요?"

"양심을 버리고, 윤리와 관습을 무시하고, 법률까지도 범하고!?"

흥분한 철호의 큰 목소리에 영호는 지금까지 철호의 얼굴에 주었던 시선을 앞으로 죽 뻗치고 앉은 자기의 발끝으로 떨구었다.

"저도 형님을 존경하고 있어요. 고생하시는 형님을. 용케 이 고생을 참고 견디는 형님을. 그렇지만 형님은 약한 사람이야요. 용기가 없는 거지요. 너무 양심이 강해요. 아니, 어쩌면 사람이 약하면 약한 만치, 그만치 반대로 양심이란 가시는 여물고 굳어지는 것인지도 모르죠."

용케 매우 다행스럽게. 훌륭하게.

"양심이란 가시?"

"네, 가시지요. 양심이란 손끝의 가십니다. 빼어 버리면 아무렇지도 않은데 공연히 그냥 두고 건드릴 때마다 깜짝깜짝 놀라는 거야요. 윤리요? 윤리. 그건 나일론 팬츠 같은 것이죠. 입으나마나 불알이 덜렁 비쳐 보이기는 매한가지죠. 관습이오? 그건 소녀의 머리 위에 달린 리본이라고나 할까요? 있으면 예쁠 수도 있어요. 그러나 없대서 뭐 별일도 없어요. 법률? 그건 마치 허수아비 같은 것입니다. 허수아비. 덜 굳은 바가지에다 되는 대로 눈과 코를 그리고 수염만 크게 그린 허수아비. 누더기를 걸치고 팔을 쩍 벌리고 서 있는 허수아비. 참새들을 향해서는 그것이 제법 공갈이 되지요. 그러나 까마귀쯤만 돼도 벌써 무서워하지 않아요. 아니, 무서워하기는커녕 그놈의 상투 끝에 턱 올라앉아서 썩은 흙을 쑤시던 더러운 주둥이를 쓱쓱 문질러도 별일 없거든요. 흥."

영호는 코웃음을 쳤다. 그리고 거기 문턱 밑에 담뱃갑에서 새로 담배를 한 개 빼어 물고 지금까지 들고 있던 다 탄 꽁초에서 불을 옮겨 빨았다.

"가자!"

어머니의 그 소리가 또 들렸다. 어머니는 분명히 잠이 들어 있는 것이었다. 그러면서도 간간이 저렇게 가자 가자 소리를 지르는 것이었다. 그것은 어쩌면 어머니에게는 호흡처럼 생리화해 버린 것인지도 몰랐다.

철호는 비스듬히 모로 앉은 동생 영호의 옆얼굴을 한참이나 노려보고 있었다. 영호는 영호대로 퀭한 두 눈으로 깜박이기를 잊어버린 채 아까부터 앞으로 뻗친 자기의 발끝을 바라보고 있었다. 이윽고 철호는 영호에게서 눈을 돌려 버렸다. 그리고 아랫방과 윗방 사이 칸막이를 한 널쪽에 등을 기대며 모로 돌아앉았다. 희미한 등잔불 빛에 잠든 딸애의 조그마한 얼굴이 애처로웠다. 그 어린것 옆에 앉은 철호의 아내는 왼쪽 무릎을 세우고 그 위에 손을 펴 깔고 턱을 괴었다. 아까부터 철호와 영호, 형제가 하는 말을 조용히 듣고만 있는 그네는 무엇을 생각하고 있는지 한쪽 손끝으로, 거기 방바닥에 가지런히 놓인 빨간 어린애의 신발만 몇 번이고 쓸어 보고 있었다.

철호는 고개를 푹 떨구어 턱을 가슴에 묻었다. 영호는 새로 피워 문 담배를 연거푸 서너 번 들이빨았다. 그리고 또 말을 계속하였다.

"저도 형님의 그 생활 태도를 잘 알아요. 가난하더라도 깨끗이 살자는. 그렇지요, 깨끗이 사는 게 좋지요. 그런데 형님 하나 깨끗하기 위하여 치르는 식구들의 희생이 너무 어처구니없이 크고 많단 말입니다. 헐벗고 굶주리고. 형님 자신만 해도 그렇죠. 밤낮 쑤시는 충치(蟲齒) 하나 처치 못하시고. 이가 쑤시면 치과에 가서 치료를 하거나 빼어 버리거나 해야 할 것 아니야요? 그런데 형님은 그것을 참고 있어요. 낯을 잔뜩 찌푸리고 참는다 말입니다. 물론 치료비가 없으니까 그러는 수

밖에 없겠지요. 그겁니다. 바로 그겁니다. 그 돈을 어떻게든지 구해야죠. 이가 쑤시는데 그럼 어떻게 해요? 그걸 형님처럼, 마치 이 쑤시는 것을 참고 견디는 그것이 돈을—치료비를—버는 것이거나 한 것처럼 생각하는 것. 안 쓰는 것은 혹 버는 셈이 된다고 할 수도 있을 거야요. 그렇지만 꼭 써야 할 데 못 쓰는 것이 버는 셈이라고는 할 수 없지 않아요? 세상에는 이런 세 층의 사람들이 있다고 봅니다. 즉 돈을 모으기 위해서만으로 필요 이상의 돈을 버는 사람과, 필요하니까 그 필요한 만큼의 돈을 버는 사람과, 또 하나는 이건 꼭 필요한 돈도 채 못 벌고서 그 대신 생활을 졸이는 사람들. 신발에다 발을 맞추는 격으로. 형님은 아마 그 맨 끝의 층에 속하겠지요. 필요한 돈도 미처 벌지 못하는 사람. 깨끗이 살자니까 그럴 수밖에 없다고 하시겠지요. 그래요. 그것은 깨끗하기는 할지 모르죠. 그렇지만 그저 그것뿐이지요. 언제까지나 충치가 쏘아 부은 볼을 싸쥐고 울상일 수밖에 없지요. 그렇지 않습니까? 그야 형님! 인생이 저 골목 안에서 십 환짜리를 받고 코 흘리는 어린애들에게 보여 주는 요지경이라면야 자기가 가지고 있는 돈값만치 구멍으로 들여다보고 말 수도 있겠지요. 그렇지만 어디 인생이 자기 주머니 속의 돈 액수만치만 살고

졸이다 졸아들게 하다. '줄이다'의 작은말.
요지경(瑤池鏡) 확대경을 장치해 놓고 그 속의 여러 가지 재미있는 그림을 돌리면서 구경하는 장치나 장난감.

그만두고 싶다면 그만둘 수 있는 요지경인가요, 어디? 돈만치만 먹고 말 수 있는 그런 편리한 목구멍인가요, 어디? 싫어도 살아야 하니까 문제지요. 사실이지 자살을 할 만큼 소중한 인생도 아니고요. 살자니까 돈이 필요하구요. 필요한 돈이니까 구해야죠. 왜 우리라고 좀 더 넓은 테두리, 법률선(法律線)까지 못 나가란 법이 어디 있어요? 아니, 남들은 다 벗어 던지구 법률선까지도 넘나들면서 사는데, 왜 우리만이 옹색한 양심의 울타리 안에서 숨이 막혀야 해요? 법률이란 뭐야요? 우리들이 피차에 약속한 선이 아니야요?"

영호는 얼굴을 번쩍 들며 반쯤 끌러 놓았던 넥타이를 마저 끌러서 방구석에 픽 던졌다.

철호는 여전히 턱을 가슴에 푹 묻은 채 묵묵히 앉아 두 짝 다 엄지발가락이 몽땅 밖으로 나온 뚫어진 양말을 내려다보고 있었다. 나일론 양말을 한 켤레 사면 반 년은 무난히 뚫어지지 않고 견딘다는 말을 들었다. 그러나 뻔히 알면서도 번번이 백 환짜리 무명 양말을 사들고 들어오는 철호였다. 칠백 환이란 돈을 단번에 잘라낼 여유가 도저히 없는 월급이었던 것이다.

"가자!"

어머니는 또 몸을 뒤채었다.

"그건 억설이야."

억설(臆說) 근거도 없이 억지로 고집을 세워서 우겨 댐. 또는 그런 말.

철호는 천천히 고개를 들었다. 신문지를 바른 맞은편 벽에 쭈그리고 앉은 아내의 그림자가 커다랗게 비쳐 있었다. 꼽추처럼 꼬부리고 앉은 아내의 그림자는 헝클어진 머리카락이 괴물스러웠다. 철호는 눈을 감았다. 머리마저 등 뒤 칸막이 반자에 기대었다.

철호의 감은 눈앞에 십여 년 전 아내가 흰 저고리 까만 치마를 입고 선히 나타났다. 무대에 나선 그네는 더욱 예뻤다. E여자대학 졸업 음악회였다. 노래가 끝나자 박수 소리가 그칠 줄을 몰랐다. 그날 저녁 같이 거리를 거닐던 그네는 정말 싱싱하고 예뻤다. 그러나 지금 철호 앞에 쭈그리고 앉은 아내는 그때의 그네가 아니었다. 무슨 둔한 동물처럼 되어 버린 그네. 이제 아무런 희망도 가져 보려고 하지 않는 아내. 철호는 가만히 눈을 떴다. 그래도 아내의 속눈썹만은 전처럼 까맣고 길었다.

"가자!"

철호는 흠칫 놀라 환상에서 깨어났다.

"억설이오? 그런지도 모르죠."

한참이나 잠잠하니 앉아 까물거리는 등잔불을 바라보던 영호의 맥빠진 대답이었다.

"네 말대로 한다면 돈 있는 사람들은 다 나쁜 사람이란 말밖

반자 지붕 밑이나 위층 바닥 밑을 편평하게 하여 치장한 각 방의 윗면. 여기에서는 칸막이 벽에 바른 종이를 뜻한다.

에 더 되나, 어디?"

"아니죠. 제가 어디 나쁘고 좋고를 가렸어요? 나쁘긴 누가 나쁘요? 왜 나빠요? 아, 잘사는 게 나빠요? 도시 나쁘고 좋고부터 따질 아무런 선도 없지요 뭐."

"그렇지만 지금 네 말로는 잘살자면 꼭 양심이고 윤리고 뭐고 다 버려야 한다는 것이 아니고 뭐야?"

"천만에요. 잘못 이해하신 겁니다. 간단히 말씀드리면 이렇다는 것입니다. 즉 양심껏 살아가면서 잘살 수도 있기는 있다. 그러나 그것은 극히 적다. 거기에 비겨서 그 시시한 것들을 벗어 던지기만 하면 누구나 틀림없이 잘살 수 있다."

"그것이 바로 억설이란 말이다. 마음 한구석이 어딘가 비틀려서 하는 억지란 말이다."

"글쎄요, 마음이 비틀렸다고요? 그건 아마 사실일는지 모르겠어요. 분명히 비틀렸어요. 그런데 그 비틀리기가 너무 늦었어요. 어머니가 저렇게 미치기 전에 비틀렸어야 했지요. 한강 철교를 폭파하기 전에 말입니다. 하나밖에 없는 누이동생 명숙(明淑)이가 양공주가 되기 전에 비틀렸어야 했지요. 환도령(還都令)이 내리기 전에, 하다못해 동대문 시장에 자리라도 한 자리 비었을 때 말입니다. 그러구 이놈의 배때기에 지금도

도시(都是) 도무지. 이러하고 저러하고 할 것 없이. 아무리 애를 써 보아도 전혀.
환도령(還都令) 1953년 전쟁으로 피난 갔던 사람들에게 다시 서울로 돌아오도록 한 명령.

무슨 내장이기나 한 것처럼 박혀 있는 파편이 터지기 전에 말입니다. 아니, 그보다도 더 전에, 제가 뭐 무슨 애국자나처럼 남들은 다 기피하는 군대에 어머니의 원수를 갚겠노라고 자원하던 그 전에 말입니다."

"……"

"……그보다도 더 전에 썩 전에 비틀렸어야 했을지 모르죠. 나면서부터 비틀렸더라면 더 좋았을지도 모르죠."

영호는 푹 고개를 떨구었다. 길게 한숨을 내쉬었다. 그 한숨이 후르르 떨고 있었다. 철호는 한참 동안 아무 말도 하지 않았다. 윗목에 앉아 있던 철호의 아내가 방바닥에 떨어진 눈물을 손끝으로 장난처럼 문지르고 있었다. 영호도 훌쩍훌쩍 코를 들이켜고 있었다.

"그렇지만 인생이란 그런 게 아니야. 너는 아직 사람이란 어떻게 살아야만 하는 것인지조차도 모르고 있어."

"그래요, 사람이란 과연 어떻게 살아야 하는 것인지는 정말 모르겠어요. 그렇지만 이제 이 물고 뜯고 하는 마당에서 살자면, 생명만이라도 유지하자면 어떻게 해야 할는지는 알 것 같아요. 허허."

영호는 눈물이 글썽하니 괸 눈을 천정을 향해 쳐들며 자기 자신을 비웃듯이 허허 하고 웃었다.

"가자!"

또 어머니는 가자고 했다. 영호는 아랫목으로 눈을 돌렸다.

철호는 길게 한숨을 쉬었다. 앞의 등잔불이 크게 흔들거렸다. 방 안의 모든 그림자들이 움직였다. 집 전체가 그대로 기울거리는 것 같았다. 그것 뿐 조용했다. 밤이 꽤 깊은 모양이었다. 세상이 온통 잠들고 있었다.

저만치 골목 밖에서부터 딱 딱 딱 딱 구둣발 소리가 뾰족하게 들려왔다. 점점 가까워 왔다. 바로 아랫방 문 앞에서 멎었다. 영호는 문께로 얼굴을 돌렸다. 삐걱삐걱 두어 번 비틀리던 방문이 열렸다. 여동생 명숙이가 들어섰다. 싱싱한 몸매에 까만 투피스가 제법 어느 회사의 여사무원 같았다.

"늦었구나."

영호가 여전히 두 다리를 쭉 뻗고 앉은 채 고개만 뒤로 젖혀서 명숙을 쳐다보았다.

명숙은 영호의 말에도 아무런 대꾸도 없이 돌아서서 문 밖에서 까만 하이힐을 집어 올려 아랫방 모서리에 들여놓았다. 그리고 백을 획 방구석에 던졌다. 겨우 윗저고리와 스커트를 벗어 건 명숙은 아랫방 뒷구석에 가서 털썩 하고 쓰러지듯 가로누워 버렸다. 그리고 거기 접어 놓은 담요를 끌어다 머리 위에서부터 푹 뒤집어썼다.

철호는 명숙을 거들떠보지도 않고 덤덤히 등잔불만 지켜보고 있었다.

기울거리다 물체가 이리저리 자꾸 기울어지다.

철호는 언젠가 퇴근하던 길에 전차 창문 밖에서 본 명숙의 꼴을 생각하고 있는 것이었다.

철호가 탄 전차가 을지로 입구 십자거리에서 머물러 신호를 기다리고 있었다. 손잡이를 붙들고 창을 향해 서 있던 철호는 무심코 밖을 내다보았다. 전차 바로 옆에 미군 지프차가 한 대와 섰다. 순간 철호는 확 낯이 달아올랐다.

핸들을 쥔 미군 바로 옆자리에 색안경을 쓴 한국 여자가 앉아 있었다. 그것이 바로 명숙이었던 것이다. 바로 철호의 턱 밑에서였다. 역시 신호를 기다리는 그 지프차 속에서 미군이 한 손은 핸들에 걸치고 또 한 팔로는 명숙의 허리를 넌지시 끌어안는 것이었다. 미군이 명숙의 얼굴을 들여다보며 뭐라고 수작을 걸었다. 명숙은 다리를 겹치고 앉은 채 앞을 바라보는 자세 그대로 고개를 까딱거렸다. 그 미군 지프차 저편에 와 선 택시 조수가 명숙이와 미군을 쳐다보며 피시시 웃었다. 전찻간에서도 마찬가지였다. 철호 바로 옆에 나란히 서 있던 청년들이 쑥덕거렸다.

"그래도 멋은 부렸네."
"멋? 그래 색안경을 썼으니 말이지?"
"장사치곤 고급이지, 밑천 없이."
"저것도 시집을 갈까?"
"흥."

십자거리(十字--) 네거리. 한 지점에서 길이 네 방향으로 갈라져 나간 곳.

철호는 손잡이를 놓았다. 그리고 반대편 가운데 문께로 가서 돌아서고 말았다. 그것은 분명히 슬픈 감정만은 아니었다. 뭐라고 말할 수조차 없는 숯 덩어리 같은 것이 꽉 목구멍을 치밀었다. 정신이 아뜩해지는 것 같았다. 하품을 하고 난 뒤처럼 콧속이 싸하니 쓰리면서 눈물이 징 솟아올랐다. 철호는 앞에 있는 커다란 유리를 꽉 머리로 받아 부수고 싶은 충동을 느끼며 어금니를 꽉 맞씹었다. 찌르르 벨이 울렸다. 덜커덩 전차가 움직였다. 철호는 문짝에 어깨를 가져다 기대고 눈을 감아 버렸다.

그날부터 철호는 정말 한마디도 누이동생 명숙이와 말을 하지 않았다. 또 명숙이도 철호를 본체만체하였다.

"자, 우리도 이제 잡시다."

영호가 가슴을 펴서 내어밀며 바로 앉았다.

등잔불을 끄고 두 방 사이의 문을 닫았다.

폭 가라앉은 것같이 피곤했다. 그러면서도 철호는 정작 잠을 이룰 수는 없었다. 밤은 고요했다. 시간이 그대로 흐르기를 멈추어 버린 것같이 조용했다. 철호의 아내도 이제 잠이 들었나 보다. 앓는 소리를 냈다. 철호는 눈을 감았다. 어딘가 아득히 먼 것을 느끼고 있었다. 철호도 잠이 들어 가고 있었다.

"가자!"

다들 잠든 밤의 그 어머니의 소리는 엉뚱하게 컸다. 철호는 흠칠 눈을 떴다. 차츰 눈이 어둠에 익어 갔다. 며칠인가, 문틈으로 새어 든 달빛이 철호의 옆에서 잠든 딸애의 머리에서부터 발끝까지 죽 파란 줄을 그었다. 철호는 다시 눈을 감았다. 길게 한숨을 쉬며 벽을 향해 돌아누웠다.

"가자!"

또 어머니가 소리를 질렀다. 그러나 철호는 눈을 뜨지 않았다. 그도 마저 잠이 들어 버린 것이었다.

그런데 이번에는 아랫방에서 명숙이가 눈을 떴다. 아랫목에 어머니와 윗목에 오빠 영호 사이에 누운 명숙은 어둠 속에 가만히 손을 내밀었다. 어머니의 손을 더듬어 잡았다. 뼈 위에 겨우 가죽만이 씌워진 손이었다. 그 어머니의 손에서는 체온이 느껴지는 것이 아니라 축축이 습기가 미끈거렸다. 명숙은 어머니 쪽을 향하여 돌아누웠다. 한쪽 손을 마저 내밀어서 두 손으로 어머니의 송장 같은 손을 감싸 쥐었다.

"가자!"

딸의 손을 느끼는지 못 느끼는지 어머니는 또 한 번 허공을 향해 가자고 소리 질렀다.

"엄마!"

명숙의 낮은 소리였다. 명숙은 두 손으로 감싸 쥔 어머니의 여윈 손을 가만히 흔들었다.

"가자!"

"엄마!"

기어이 명숙은 흐느끼기 시작하였다. 명숙은 어머니의 손을 끌어다 자기의 입에 틀어막았다.

"엄마!"

숨을 죽여 가며 참는 명숙의 울음은 한숨으로 바뀌며 어머니의 손가락을 입 안에서 잘근잘근 씹어 보는 것이었다.

"겁내지 마라."

옆에서 영호가 잠꼬대를 했다.

"가자!"

어머니는 명숙의 손에서 자기의 손을 빼어 가지고 저쪽으로 돌아누워 버렸다.

명숙은 다시 담요를 끌어다 머리 위까지 푹 썼다. 그리고 담요 속에서 흐득흐득 울고 있었다.

"엄마."

이번엔 윗방에서 어린것이 엄마를 불렀다.

철호는 잠 속에서 멀리 그 소리를 들었다. 그러면서도 채 잠이 깨어지지는 않았다.

"엄마."

어린것은 또 한 번 엄마를 불렀다.

"오 오, 왜? 엄마 여기 있어."

아내의 반쯤 깬 소리였다. 어린것을 끌어다 안는 모양이었다. 철호는 그 소리를 멀리 들으며 다시 곤히 잠들어 버렸다.

"오줌."

흐득흐득 숨이 막힐 정도로 자꾸 심하게 흐느끼는 모양.

"오, 오줌 누겠니? 자, 일어나. 착하지."

철호의 아내는 일어나 앉으며 어린것을 안아 일으켰다. 구석에서 깡통을 끌어다 대어 주었다.

"참, 삼춘이 네 신발 사왔지. 아주 예쁜 거. 볼래?"

깡통을 타고 앉은 어린것을 뒤에서 안아 주고 있던 철호의 아내는 한 손으로 어린것의 베개맡에 놓아 두었던 신발을 집어다 보여 주었다. 희미하게 달빛이 들이비쳤을 뿐인 어두운 방 안에서는, 그것은 그저 겨우 모양뿐 색채를 잃고 있었다.

"내 거야? 엄마."

"그래, 네 거야."

"예뻐?"

"참 예뻐. 빨강이야."

"응……."

어린것은 잠에 취한 소리로 물으며 신발을 두 손에 받아 가슴에 안았다.

"자, 이제 거기 놔두고 자야지."

"응, 낼 신어도 돼?"

"그럼."

어린것은 오물오물 담요 속으로 파고들어 갔다.

"엄마, 낼 신어도 돼?"

베개맡 머리맡. 누웠을 때의 머리 부근.

오발탄

"그럼."

뭐든가 좀 좋은 것은 아껴야 한다고만 들어 오던 어린것은 또 한 번 이렇게 다짐하는 것이었다.

아내는 어린것의 담요 가장자리를 꼭 꼭 눌러 주고 나서 그 옆에 누웠다.

다들 다시 잠이 들었다. 어느 사이에 달빛이 비껴서 칼날 같은 빛을 철호의 가슴으로 옮겼다.

어린것이 부스스 머리를 들었다. 배를 깔고 엎드렸다. 어린것은 조그마한 손을 베개 너머로 내밀었다. 거기 가지런히 놓아둔 신발을 만져 보았다. 어린것은 안심한 듯이 다시 베개를 베고 누웠다. 또다시 조용해졌다. 한참 만에 또 어린것이 움직거렸다. 잠이 든 줄만 알았던 어린것은 또 엎드렸다. 머리맡에 신발을 또 끌어당겼다. 조그마한 손가락으로 신발 코를 꼭 눌러 보았다. 그러고는 이번에는 아주 자리 위에 일어나 앉았다. 신발을 무릎 위에 들어 올려놓았다. 달빛에다 신발을 들이대어 보았다. 바닥을 뒤집어 보았다. 두 짝을 하나씩 두 손에 갈라 들고 고무 바닥을 맞대어 보았다. 이번엔 신발을 앞으로 내놓았다. 가만히 신발을 가져다 신었다. 앉은 채로 꼭 방바닥을 디디어 보았다.

"가자!"

어린것은 깜짝 놀랐다. 얼른 신발을 벗었다. 있던 자리에 도로 모아 놓았다. 그리고 한 번 더 신발을 바라보고 난 어린것은 살그머니 누웠다. 오물오물 담요 속으로 기어 들어갔다.

  점심을 못 먹은 배는 오후 두 시에서 세 시 사이가 제일 견디기 힘들었다. 철호는 펜을 장부 위에 놓았다. 저쪽 구석에 돌아앉은 사환 애를 바라보았다. 보리차라도 한 잔 더 마시고 싶었다. 그러나 두 잔까지는 사환 애를 시켜서 가져오랄 수 있었으나 세 번까지는 부르기가 좀 미안했다. 철호는 걸상을 뒤로 밀고 일어섰다. 책상 모서리에 놓인 찻종을 집어 들었다. 그리고 출입문으로 나갔다. 복도의 풍로 위에서 커다란 주전자가 끓고 있었다. 보리차를 찻종 하나 가득히 부었다. 구수한 냄새가 피어올랐다. 철호는 뜨거운 찻종을 손가락으로 꼬집어 들고 조심조심 자기 자리로 돌아와 앉았다. 그리고 찻종을 입으로 가져갔다. 후 불었다. 마악 한 모금 들이마시는 때였다.
"송선생, 전홥니다."
사환 애가 책상 앞에 와 알렸다. 철호는 얼른 찻종을 책상 위에 내려놓았다. 그리고 과장 책상 앞으로 갔다. 수화기를 들었다.
"네, 송철호올시다. 네? 경찰서요? ……전 송철호라는 사람인데요? 네? 송영호요? 네? 바로 제 동생입니다. 무슨? ……네? 네? 송영호가요? 제 동생이 말입니까? 곧 가겠습니다. 네 네."

찻종(茶鍾) 차를 따라 마시는 작은 그릇.
풍로(風爐) 화로의 하나. 흙이나 쇠붙이로 만드는데, 아래에 바람구멍을 내어 불이 잘 붙게 하였다.

철호는 수화기를 걸었다. 그리고 걸어 놓은 수화기를 멍하니 내려다보고 서 있었다. 사무실 안 사람들의 시선이 모두 철호에게로 쏠렸다.

"무슨 일인가? 동생이 교통사고라도?"

서류를 뒤적이던 과장이 앞에 서 있는 철호를 쳐다보며 말했다.

"네? 네, 저 과장님, 잠깐 다녀오겠습니다."

철호는 마시던 보리차를 그대로 남겨 둔 채 사무실을 나섰다. 영문을 모르는 동료들이 서로 옆의 사람의 얼굴을 힐끗 쳐다보는 것이었다.

철호는 전에도 몇 번 경찰서의 호출을 받은 일이 있었다.

양공주 노릇을 하는 누이동생 명숙이가 걸려들면 그 신원 보증을 해야 하는 철호였다. 그때마다 철호는 치안관 앞에서 낯을 못 들고 앉았다가 순경이 앞세우고 나온 명숙을 데리고 아무 말도 없이 경찰서 뒷문을 나서곤 하였다. 그럴 때면 철호는 울었다. 하나밖에 없는 누이동생이 정말 밉고 원망스러웠다. 철호는 명숙을 한 번 돌아다보는 일도 없이 전찻길을 따라 사무실로 걸었고, 또 명숙은 명숙이대로 적당한 곳에서 마치 낯도 모르는 사람이나처럼 딴 길로 떨어져 가 버리곤 하는 것이었다.

치안관(治安官) 해방 이후, 판사의 절대 수가 부족했던 미 군정 시기에서 1956년까지 판사를 대신해서 가벼운 형사 사건을 담당한 심판관. 주로 법원 서기 등이 임명되었다.

그런데 이번에는 누이동생이 아니라 남동생 영호의 건이라고 했다. 며칠 전 밤에 취해서 지껄이던 영호의 말들이 머리를 스치고 지나갔다. 불안했다. 그런들 설마 하고 마음을 다시 먹으며 철호는 경찰서 문을 들어섰다.

권총 강도.

형사에게서 동생 영호의 사건 내용을 들은 철호는 앞에 앉은 형사의 얼굴을 바보 모양 멍청히 바라보고 있을 뿐이었다. 점점 핏기가 가셔 가는 철호의 얼굴은 표정을 잃은 채 굳어 가고 있었다.

어느 회사에서 월급을 줄 돈 천오백만 환을 찾아서 은행 앞에 대기시켰던 지프차에 싣고 막 떠나려고 하는데 중절모를 깊숙이 눌러쓰고 색안경을 낀 괴한 두 명이 차 속으로 올라오며 권총을 내어 들더라는 것이었다.

"겁내지 마라! 차를 우이동으로 돌려라."

운전수와 또 한 명 회사원은 차가운 권총 구멍을 등에 느끼며 우이동까지 갔다고 한다. 어느 으슥한 숲속에서 차를 세웠다고 한다. 그리고는 둘이 다 차 밖으로 나가라고 한 다음, 괴한들이 대신 운전대로 올라 앉더라고 한다. 운전수와 회사원은 거기 버려둔 채 차는 전 속력으로 다시 시내로 향해 달렸단다. 그러나 지프차는 미아리도 채 못 와서 경찰에 붙들리고 말았다는 것이

중절모(中折帽) 중절모자. 꼭대기의 가운데를 눌러 쓰는, 챙이 둥글게 달린 신사용 모자.

었다. 그런데 차 안에는 괴한이 한 사람밖에 없었다고 한다.

형사가 동생을 면회하겠느냐고 물었을 때도 철호는 그저 얼이 빠져서, 두 무릎 위에 맥없이 손을 올려놓고 앉은 채 아무 대답도 못했다.

이윽고 형사실 뒷문이 열리더니 거기 영호가 나타났다.

"이리로 와."

수갑이 채워진 두 손을 배 앞에다 모으고 천천히 형사의 책상 앞으로 걸어 나오는 영호는 거기 걸상에 앉았다 일어서는 철호를 향하여 약간 머리를 끄덕여 보였다. 동생의 얼굴을 뚫어져라고 바라보고 서 있는 철호의 여윈 볼이 히물히물• 움직였다. 괴로울 때의 버릇으로 어금니를 꽉 꽉 씹고 있는 것이었다.

형사는 앞에 와서 선 영호에게 눈으로 철호를 가리켰다. 영호는 철호에게로 돌아섰다.

"형님, 미안합니다. 인정선(人情線)에 걸렸어요. 법률선까지는 무난히 뛰어넘었는데. 쏘아 버렸어야 하는 건데."

영호는 철호의 얼굴을 들여다보며 빙그레 웃었다. 그러고는 옆으로 비스듬히 얼굴을 떨구며 수갑을 채운 채인 오른손 염지•를 권총 방아쇠를 당기는 때처럼 까불어서 지그시 당겨 보는 것이었다.

히물히물 입술을 조금 실그러뜨리며 자꾸 소리 없이 능청스럽게 웃는 모양.
  실그러뜨리다 한쪽으로 비뚤어지거나 기울어지게 하다.
염지(鹽指) 집게손가락.

철호는 눈도 깜빡하지 않고 그저 영호의 머리카락이 흐트러져 내린 이마를 바라보고 있었다.

"돌아가세요, 형님."

영호는 등신처럼 서 있는 형이 도리어 민망한 듯이 조용히 말했다.

"수감해."

형사가 문간에 지키고 서 있는 순경을 돌아보았다.

영호는 그에게로 오는 순경을 향해 마주 걸어갔다. 영호는 뒷문으로 끌려 나가다 말고 멈춰 섰다. 그리고 뒤를 돌아보았다.

"형님, 어린것 화신 구경이나 한번 시키세요. 제가 약속했었는데."

뒷문이 쾅 닫혔다. 철호는 여전히 영호가 사라진 뒷문을 바라보고 서 있었다. 눈이 뿌옇게 흐려졌다. 아무것도 보이지 않았다.

"쏠 의사는 처음부터 없었던 것 같은데."

조서를 한옆으로 밀어 놓으며 형사가 중얼거렸다. 철호는 거기 걸상에 가만히 걸터앉았다.

"혹시 그 같이 한 청년을 모르시나요."

철호의 귀에는 형사의 말소리가 아주 멀었다.

"끝내 혼자서 했다고 우기는데, 그러나 증인이 있으니까 이

조서(調書) 조사한 사실을 적은 문서.
걸상(-床) 걸터앉는 기구. 의자.

제 차츰 사실대로 자백하겠지만."

여전히 철호는 말이 없었다.

경찰서를 나온 철호는 어디를 어떻게 걸었는지 알 수 없었다. 철호는 술 취한 사람 모양 허청거리는 다리로 자기 집이 있는 언덕길을 올라가고 있었다. 철호는 골목길 어귀에 들어섰다.

"가자!"

철호는 거기 멈춰 섰다. 고개를 뒤로 젖혔다. 그러나 그는 하늘을 쳐다보는 것이 아니었다. 하 하고 숨을 크게 내쉬는 철호는 울고 있었다. 눈물이 콧속으로 흘러서 찝질하니 목구멍으로 넘어갔다.

"가자. 가자. 어딜 가잔 거야? 도대체 어딜 가잔 거야?"

철호는 꽥 소리를 지르고 있었다. 거기 처마 밑에 모여 앉아서 소꿉질을 하던 어린애들이 부스스 일어서며 그를 쳐다보았다. 철호는 그 앞을 모른 체 지나쳐 버렸다.

"오빤 어딜 그렇게 돌아다뉴?"

철호가 아랫방에 들어서자 윗방 구석에서 고리짝˙을 열어 놓고 뒤지고 있던 명숙이가 역한˙ 소리를 했다. 윗방에는 넝마˙ 같

고리짝 고리. 고리버들의 가지나 대오리를 엮어 만든 상자 같은 물건. 주로 옷을 넣어 두는 데 쓴다.
역하다(逆--) 1. 구역날 듯 속이 메슥메슥하다. 2. 마음에 거슬려 못마땅하다. 여기에서는 2의 의미로 쓰임.
넝마 낡고 헤어져서 입지 못하게 된 옷, 이불 따위를 이르는 말.

은 옷가지들이 한 무더기 쌓여 있었다. 딸애는 고리짝 옆에 쪼그리고 앉아서 명숙이가 뒤져 내놓은 헌옷들을 무슨 진귀한 것이나처럼 지켜보고 있었다. 철호는 아내가 어딜 갔느냐고 물어보려다 말고 그대로 윗방 아랫목에 털썩 주저앉아 버렸다.

"어서 병원에 가 보세요."

명숙은 여전히 고리짝을 들추며 돌아앉은 채 말했다.

"병원엘?"

"그래요."

"병원에라니?"

"언니가 위독해요. 어린애가 걸렸어요."

"뭐가?"

철호는 눈앞이 아찔했다.

점심때부터 진통이 시작되었는데 영 해산을 못 하고 애를 썼단다. 그런데 죽을 악을 쓰다 보니까 어린애의 머리가 아니라 팔부터 나왔다고 한다. 그래 병원으로 실어 갔는데, 철호네 회사에 전화를 걸었더니 나가고 없더라는 것이었다.

"지금쯤 아마 애를 낳았거나, 그렇지 않으면……."

명숙은 흰 헝겊들을 골라 개켜서 한옆으로 젖혀 놓으며 말했다. 아마 어린애의 기저귀를 고르고 있는 모양이었다. 그런데 이상했다. 좀 전에 아찔하던 정신이 사르르 풀리며 온몸의 맥이

개키다 개다. 옷이나 이부자리 따위를 겹치거나 접어서 단정하게 포개다.

쑥 빠져나갔다. 철호는 오래간만에 머릿속이 깨끗이 개는 것을 느꼈다.

 말라리아를 앓고 난 다음날처럼 맥은 하나도 없으면서 머리는 비상히 깨끗했다. 뭐 놀랄 일이 있느냐 하는 심정이 되었다. 마치 회사에서 무슨 사무를 한 뭉텅이 맡았을 때와 같은 심사였다. 철호는 호주머니에서 담배를 꺼내 물었다. 언제나 새로 사무를 맡아 시작하기 전에 하는 버릇이었다. 철호는 일어섰다. 그리고 문을 열었다.

 "어딜 가슈?"

 명숙이가 돌아보았다.

 "병원에."

 "무슨 병원인지도 모르면서?"

 철호는 참 그렇다고 생각했다.

 "S병원이야요."

 "……."

 철호는 슬그머니 문 밖으로 한 발을 내디뎠다.

 "돈을 가지고 가야지 뭐."

 "……돈."

 철호는 다시 문 안으로 들어섰다. 우두커니 발부리를 내려다 보고 서 있었다. 명숙이가 일어섰다. 그리고 아랫방으로 내려갔다. 벽에 걸어 놓았던 핸드백을 벗겼다.

 "옛수."

백 환짜리 한 다발이 철호 앞 방바닥에 던져졌다. 명숙은 다시 돌아서서 백을 챙기고 있었다. 철호는 명숙의 뒷모습을 물끄러미 바라보고 있었다. 철호의 눈이 명숙의 발 뒤축에 머물렀다. 나일론 양말이 계란만큼 구멍이 뚫렸다. 철호는 명숙의 그 구멍 뚫린 양말 뒤축에서 어떤 깨끗함을 느끼고 있었다.

오래간만에, 참으로 오래간만에 철호는 명숙에 대한 오빠로서의 애정을 느꼈다.

"가자."

어머니가 또 외마디 소리를 질렀다.

철호는 눈을 발 밑의 돈다발로 떨구었다. 허리를 꾸부렸다. 연기가 든 때처럼 두 눈이 싸하니 쓰렸다.

"아버지 병원에 가? 엄마 애기 났어?"

"그래."

철호는 돈을 저고리 호주머니에 밀어 넣으며 문을 나섰다.

"가자."

골목을 빠져나가는 철호의 등 뒤에서 또 한 번 어머니의 소리가 들려왔다.

아내는 이미 죽어 있었다.

"네, 그래요?"

철호는 간호원보다도 더 심상한 표정이었다. 병원의 긴 복도

심상하다(尋常 --) 대수롭지 않고 예사롭다.

를 휘청휘청 걸어서 널따란 현관으로 나왔다. 시체가 어디 있느냐고 묻지도 않았다. 무엇인가 큰일이 한 가지 끝났다는 그런 기분이었다. 아니 또 어찌 생각하면 무언가 해야 할 일이 많이 생긴 것 같은 무거운 기분이기도 했다. 그러면서도 그 해야 할 일이 무엇인지는 좀처럼 생각이 나질 않았다. 그저 이제는 그리 서두를 필요도 없어졌다는 생각만으로 철호는 거기 병원 현관에 한참이나 우두커니 서 있었다.

이윽고 병원의 큰 문을 나선 철호는 전찻길을 따라서 천천히 걸었다. 자전거가 휙 그의 팔꿈치를 스치고 지나갔다. 그는 멈춰 섰다. 자기도 모르게 그는 사무실 쪽으로 걸어가고 있었다. 여섯 시도 더 지났을 무렵이었다. 이제 사무실로 가야 할 아무 일도 없었다. 그는 전찻길을 건넜다. 또 한참 걸었다. 그는 또 멈춰 섰다. 이번엔 어느 사이에, 낮에 왔던 경찰서 앞에 와 있었다. 그는 또 돌아섰다. 또 걸었다. 그저 걸었다. 집으로 돌아가자는 생각도 아니면서 그의 발길은 자동 기계처럼 남대문 쪽을 향해 걷고 있었다. 문방구점. 라디오방. 사진관. 제과점. 그는 길가에 늘어선 이런 가게의 진열장들을 하나하나 기웃거리며 걷고 있었다. 그러면서도 무엇이 있는지 하나도 보이지는 않았다. 그러던 철호는 또 우뚝 섰다. 그는 거기 눈앞에 걸린 간판을 쳐다보고 있었다. 장기판만 한 흰 판에 빨간 페인트로 치과라고 써 있었다. 철호는 갑자기 이가 쑤시는 것을 느꼈다. 아침부터, 아니 벌써 전부터 홀떡홀떡 쑤시는 충치가 갑자기 아파졌다. 양쪽 어금니가 아래위 다 쑤셨다. 사실은 어느 것이 정말 쑤시는 것인지조차도 분간할 수가 없었다. 철호는 호주머니에 손을 넣어 보았다. 만 환 다발이 만져졌다.

철호는 치과 간판이 걸린 층계 이 층으로 올라갔다.

치과 걸상에 머리를 젖히고 입을 아 벌리고 앉았다. 의사는 달가닥달가닥 소리를 내며 이것저것 여러 가지 쇠꼬치를 그의 입에 넣었다 꺼냈다 하였다. 철호는 매시근하니 잠이 왔다. 아무런 생각도 하지 않고 입을 크게 벌린 채 눈을 감고 있었다.

"좀 아팠지요? 뿌리가 꾸부러져서."

의사가 집게에 뽑아 든 이를 철호의 눈앞에 가져다 보여 주었다. 속이 시꺼멓게 썩은 징그러운 이 뿌리에 뻘건 살점이 묻어 나왔다. 철호는 솜을 입에 문 채 머리를 좌우로 흔들어 보였다. 사실 아프지도 아무렇지도 않았다.

"됐습니다. 한 삼십 분 후에 솜을 빼어 버리슈. 피가 좀 나올 겁니다."

"이쪽을 마저 빼 주십시오."

철호는 옆의 타구에 피를 뱉고 나서 또 한쪽 볼을 눌러 보였다.

"어금니를 한 번에 두 대씩 빼면 출혈이 심해서 안 됩니다."

"괜찮습니다."

매시근하다 기운이 없고 나른하다.
타구(唾具/唾口) 가래나 침을 뱉는 그릇.

"아니, 내일 또 빼지요."

"다 빼 주십시오. 한목에 몽땅 다 빼 주십시오."

"안 됩니다. 치료를 해 가면서 한 대씩 빼야지요."

"치료요? 그럴 새가 없습니다. 막 쑤시는걸요."

"그래도 안 됩니다. 빈혈증이 일어나면 큰일납니다."

하는 수 없었다. 철호는 치과를 나왔다. 또 걸었다. 잇몸이 멍하니 아픈 것 같기도 하고 또 어찌하면 시원한 것 같기도 했다. 그는 한 손으로 볼을 쓸어 보았다.

그렇게 얼마를 걷던 철호는 거기에 또 치과 간판을 발견하였다. 역시 이 층이었다.

"안 될 텐데요."

거기 의사도 꺼렸다. 철호는 괜찮다고 우겼다. 한쪽 어금니를 마저 빼었다. 이번에는 두 볼에다 다 밤알만큼씩 한 솜 덩어리를 물고 나왔다. 입 안이 찝찔했다. 간간이 길가에 나서서 피를 뱉었다. 그때마다 시뻘건 선지피가 간 덩어리처럼 엉겨서 나왔다.

남대문을 오른쪽에 끼고 돌아서 서울역이 보이는 데까지 왔을 때 으스스 몸이 한번 떨렸다. 머리가 띵하니 비어 버린 것 같다고 생각했다. 바로 그때에 번쩍 거리에 전등이 들어왔다. 눈앞이 한 번 환해졌다. 그런데 다음 순간에는 어찌 된 셈인지 좀

한목 한꺼번에 몰아서 함을 나타내는 말.
선지피 다쳐서 선지처럼 쏟아져 나오는 피.
 선지 짐승을 잡아서 받은 피. 식어서 굳어진 덩어리를 국이나 찌개 따위의 재료로 쓴다.

전에 전등이 켜지기 전보다 더 거리가 어두워졌다. 철호는 눈을 한 번 꾹 감았다 다시 떴다. 그래도 매한가지였다. 이건 뱃속이 비어서 이렇다고 철호는 생각했다. 그는 새삼스레 점심도 저녁도 안 먹은 자기를 깨달았다. 뭐든가 좀 먹어야겠다고 생각했다. 구수한 설렁탕 생각이 났다. 입 안에 군침이 하나 가득히 괴었다. 그는 어느 전주 밑에 가서 쭈그리고 앉아서 침을 뱉었다. 그런데 그건 침이 아니라 진한 피였다. 그는 다시 일어섰다. 또 한 번 오한이 전신을 간질이고 지나갔다. 다리가 약간 떨리는 것 같았다. 그는 속히 음식점을 찾아내야겠다고 생각하며 서울역 쪽으로 허청허청 걸었다.

"설렁탕."

무슨 약 이름이기나 한 것처럼 한마디 일러 놓고는 그는 식탁 위에 엎드려 버렸다. 또 입 안으로 하나 찝찔한 물이 괴었다. 철호는 머리를 들었다. 음식점 안을 한 바퀴 휘 둘러보았다. 머리가 아찔했다. 그는 일어섰다. 그리고 문 밖으로 급히 걸어 나갔다. 음식점 옆 골목에 있는 시궁창에 가서 쭈그리고 앉았다. 울컥 하고 입 안엣 것을 뱉었다. 그러나 이번에는 주위가 어두워서 그것이 핀지 또는 침인지 알 수 없었다. 철호는 저고리 소매로 입술을 닦으며 일어섰다. 이를 뺀 자리가 쿡 한 번 쑤셨다.

전주(電柱) 전봇대.
오한(惡寒) 몸이 오슬오슬 춥고 떨리는 증상.
허청허청 다리에 힘이 없어 잘 걷지 못하고 자꾸 비틀거리는 모양.

그러자 뒤이어 거기에 호응이나 하듯이 관자놀이가 또 쿡 쑤셨다. 철호는 아무래도 좀 이상하다고 생각했다. 이제 빨리 집으로 돌아가 누워야겠다고 생각했다. 그는 다시 큰길로 나왔다. 마침 택시가 한 대 왔다. 그는 손을 한 번 흔들었다.

철호는 던져지듯이 털썩 택시 안에 쓰러졌다.

"어디로 가시죠?"

택시는 벌써 구르고 있었다.

"해방촌."

자동차는 스르르 속력을 늦추었다. 해방촌으로 가자면 차를 돌려야 하는 까닭이었다. 운전수는 줄지어 달려오는 자동차의 사이가 생기기를 노리고 있었다. 저만치 자동차의 행렬이 좀 끊겼다. 운전수는 핸들을 잔뜩 비틀어 쥐었다. 운전수가 몸을 한편으로 기울이며 막 핸들을 틀려는 때였다. 뒷자리에서 철호가 소리를 질렀다.

"아니야, S병원으로 가."

철호는 갑자기 아내의 죽음을 생각했던 것이었다. 운전수는 다시 휙 핸들을 이쪽으로 틀었다. 운전수 옆에 앉아 있는 조수애가 한 번 철호를 돌아다보았다. 철호는 뒷자리 한구석에 가서 몸을 틀어박은 채 고개를 뒤로 젖히고 눈을 감고 있었다. 차는 한국은행 앞 로터리를 돌고 있었다. 그때에 또 뒤에서 철호가 소리를 질렀다.

"아니야, ×경찰서로 가."

눈을 감고 있는 철호는 생각하는 것이었다. 아내는 이미 죽었는데 하고.

이번에는 다행히 차의 방향을 바꿀 필요가 없었다. 그냥 달렸다.

"×경찰서 앞입니다."

철호는 눈을 떴다. 상반신을 벌떡 일으켰다. 그러나 곧 또 털썩 뒤로 기대고 쓰러져 버렸다.

"아니야, 가."

"×경찰섭니다, 손님."

조수애가 뒤로 몸을 틀어 돌리고 말했다.

"가자."

철호는 여전히 눈을 감고 있었다.

"어디로 갑니까?"

"글쎄 가."

"하 참 딱한 아저씨네."

"……."

"취했나?"

운전수가 힐끔 조수애를 쳐다보았다.

"그런가 봐요."

"어쩌다 오발탄(誤發彈) 같은 손님이 걸렸어. 자기 갈 곳도 모르게."

운전수는 기어를 넣으며 중얼거렸다. 철호는 까무룩히 잠이 들어가는 것 같은 속에서 운전수가 중얼거리는 소리를 멀리 듣고 있었다. 그리고 마음속으로 혼자 생각하는 것이었다.

'……아들 구실. 남편 구실. 애비 구실. 형 구실. 오빠 구실. 또 계리사 사무실 서기 구실. 해야 할 구실이 너무 많구나. 그래 난 네 말대로 아마도 조물주의 오발탄인지도 모른다. 정말 갈 곳을 알 수가 없다. 그런데 지금 나는 어디건 가긴 가야 한다…….'

철호는 점점 더 졸려 왔다. 다리가 저린 것처럼 머리의 감각이 차츰 없어져 갔다.

"가자!"

철호는 또 한 번 귓가에 어머니의 소리를 들었다고 생각하며 푹 모로 쓰러지고 말았다.

차가 네거리에 다다랐다. 앞의 교통 신호등에 빨간 불이 켜졌다. 차가 섰다. 또 한 번 조수애가 뒤를 돌아보며 물었다.

"어디로 가시죠?"

그러나 머리를 푹 앞으로 수그린 철호는 아무 대답도 없었다.

따르르륵 벨이 울렸다. 긴 자동차의 행렬이 움직이기 시작했다. 철호가 탄 차도 목적지를 모르는 대로 행렬에 끼어서 움직이는 수밖에 없었다. 철호의 입에서 흘러내린 선지피가 홍건히 그의 와이셔츠 가슴을 적시고 있는 것은 아무도 모르는 채 교통 신호등의 파랑불 밑으로 차는 네거리를 지나갔다.

■「현대문학」 58호(1959. 10) ; 「현대한국문학전집 6 - 이범선 외」(신구문화사, 1981)

오발탄

● 등장인물 들여다보기

| 송철호

주인공 송철호는 북한 정권에 의해 모든 재산을 빼앗기고 알몸으로 쫓겨 내려온 월남민입니다. 그는 남한에 내려와 계리사 사무실의 서기로서 "오른손 장지 첫마디에 콩알만 한 못이 박힐" 만큼 열심히 일하고 있지요. 하지만 하루에도 보리차를 몇 잔씩 마시면서 점심 거른 굶주린 배를 달래거나 전차를 타지 않고 걸어 다녀도 지독한 생활고를 벗어날 기미가 보이지 않습니다.

그런 가운데 철호 가족에게는 비극적인 사건이 연이어 발생합니다. 동생 영호는 은행 강도짓을 하다가 체포당하고, 아내는 아이를 낳다가 죽음을 맞이합니다. 정신을 차릴 수 없을 정도로 충격을 받은 철호는 그 길로 치과를 찾아가 충치 두 개를 빼 버립니다. 과다 출혈에 허기가 밀려오고 오한까지 일어나자 철호는 택시를 탑니다. 하지만 행선지를 묻는 운전수에게 행선지가 S병원이라고 말하다가 X경찰서로 가자고 하는 등 횡설수설하지요. 종로 거리를 헤매던 운전수는 "어쩌다 오발탄 같은 손님이 걸렸어." 하고 불평을 하고, 그 소리를 들으며 철호는 정신을 잃고 맙니다.

여기에서 이 작품의 제목인 '오발탄'이 철호를 상징하고 있는 것을 알 수 있습니다. 오발탄은 분단과 전쟁으로 뿌리 뽑힌 철호가 월남민으로서 절대적인 빈곤과 부조리한 사회 현실 속에서 피곤에 지쳐 삶의 방향성을 잃고 있는 상태를 가리킬 것입니다. 따라서 철호는 전쟁이 휩쓸고 간 황폐하고도 곤궁한 생활 속에서도 성실성을 지키고자 애쓰는 인물이지만, 그러한 내면적 성실함에도 불구하고 오발탄 같은 존재가 될 수밖에 없는 비극적 인물이라고 할 수 있습니다.

영호

철호의 동생 영호는 군대를 갔다 온 지 2년이 지났지만 직업을 못 구하고 군대 시절 친구들과 술이나 마시며 다니는 실업자입니다. 형 철호는 정신을 차리고 취직을 하라고 권하지만, 그는 "전차 값도 안 되는 월급을 받고 남의 살림이나 계산해 주는" 일은 하기 싫다고 합니다. 영호는 양심을 지키며 깨끗하게 살아가야 한다는 철호의 생활 태도를 마뜩치 않아 합니다. 알량한 양심과 법을 지킨다는 생각 때문에 가족이 최하층의 생활에서 벗어나지 못한다고 생각하는 것이지요.

성실성을 중시하는 철호와는 반대로 법률이나 양심을 저버려서라도 빈곤을 벗어나려는 욕망이 강한 영호는 어느 날 은행 앞에서 월급 수송 차량을 탈취해 달아나다가 결국 경찰에 체포됩니다. 하지만 과연 영호는 '돈이면 다'라는 가치관으로 사회질서를 어지럽히는 범죄자에 불과할까요? 우리는 이 작품을 세밀하게 살펴봄으로써 영호라는 인물을 좀 더 이해할 필요가 있을 것 같습니다.

영호는 고학으로 고생하며 다니던 대학 3학년 때 군대에 들어가 상처를 입고 제대한 상이군인입니다. 그는 군대에 자원입대를 하는데, 이는 어머니의 원수를 갚기 위해 북한 정권을 응징하려는 생각이 있었기 때문입니다. 당시 월남민 가운데 북한 정권에 의해 가진 것을 빼앗기고 강제로 남쪽으로 쫓겨왔던 사람들은 북한 정권에 대한 적개심이 강했지요. 또한 철호처럼 성실하게 살아가는 것을 손해라고 생각하는 그의 논리는 1950년대 한국 사회에서 불평등과 특권이 횡행했음을 말해 줍니다. 철호처럼 양심과 윤리를 지키려는 소시민은 궁핍과 소외에서 벗어나지 못하는 반면, 법을 어기고 양심을 벗어던진 일부 특권층은 물질적인 풍요와 자유를 마음껏 누리는 현실에 대해 영호는 강한 불만을 표출하고 있는 셈입니다.

따라서 은행 강도로 나서는 영호의 일탈적인 행위는 전후 남한 사회의 피폐한 현실을 암시합니다. 내면에 남아 있던 양심과 인정 때문에 결정적인 순간에 운송 차량에 탄 사람들을 죽이지 못해서 체포를 당할 만큼, 영호는 본성 자체가 악한 인물은 아닙니다. 도리어 형사의 취조에 공범을 부인하고 단독 범행을 주장하는 태도에서 보듯 의리가 있는 편이지요. 결국 그는 1950년대 한국 사회라는 궁핍한 상황에 떠밀려 범죄의 길로 들어선 인물인 셈이지요.

명숙

명숙은 철호의 누이동생입니다. 남동생 영호가 형 철호와 긴 대화를 나눔으로써 어느 정도 성격이나 생각을 드러내고 있는 반면, 명숙이는 작품 속에서 거의 아무 말도 하지 않습니다. 그녀는 집에 돌아오자마자 오빠 철호의 인사에 대꾸도 하지 않은 채 담요를 머리 위에 푹 뒤집어쓰고 아랫방 뒷구석에 누워 버리지요. 삶에 무척 지쳐 있는 모습입니다. 그녀는 왜 그토록 피곤한 모습을 보인 걸까요? 그녀는 왜 한밤중에 그토록 서럽게 흐느껴야 했을까요? 그것은 바로 모든 것을 빼앗기고 쫓겨난 월남민으로서 그녀가 생계를 위해 '양공주' 노릇을 하고 있다는 현실 때문일 것입니다.

언젠가 퇴근하던 길에 전차에서 철호는 색안경(선글라스)을 쓰고 지프차에 미군과 동승한 명숙을 목격합니다. 명숙은 외국 군인(특히 미군)을 대상으로 매춘을 하는 한국 여성, 즉 이른바 양공주였던 것이지요. 여기에서 한국전쟁 이후 남한 사회에서 가족의 생계를 위해 양공주로 나섰던 전후 여성의 삶을 엿볼 수 있습니다.

그런데 사람들은 양공주가 등장하게 된 원인, 즉 한국 사회의 부조리와 급격한 변화를 차분하게 인식하려 들기보다는 그냥 손가락질하면서 모든 책임을 개인에게 전가하는 경향이 강합니다. 오빠 철호의 시선도 일반적인 타인의 그것과 다르지 않지요. 명숙이 삶에서 느끼는 비극성과 참담함은 바로 성(性)을 파는 양공주가 될 수밖에 없었던 가난과 궁핍, 나아가 양공주(및 그들이 낳은 혼혈아)를 타락한 여성으로 여기는 사회적인 경멸과 차별의 시선에서 비롯되었을 것입니다.

어머니

아들인 철호가 '솜 누더기에 싸놓은 미라'를 연상할 정도로 철호의 어머니는 몸도 마음도 심각한 병에 걸려 있습니다. 해골 같은 모습의 어머니는 이 작품 전체를 통틀어 '가자!'라는 외마디 소리만 지르고 있습니다. 도대체 어머니는 어디로 가자고 외치는 것일까요? 그녀는 삼팔선이 무엇인지 전혀 이해를 못합니다. 그래서 6·25 전쟁으로 한강다리가 폭파당하고 용산 일대가 쑥대밭으로 변해 버리자 어머니는 삼팔선의 담이 무너졌다면서 고향에 갈 수 있다는 희망을 품습니다. 하지만 그럴 수 없다는 자식들의 말에 끝내 실성하고 말지요. 해방의 기쁨이 채 가시기도 전에 갑자기 미국과 소련이 신탁통치를 한다고 그어 버린 삼팔선이 무엇인지, 정치 상황이나 이데올로기적 대립 따위를 알 리 없는 어머니가 어떻게 이해할 수 있겠어요? 그래서 그녀는 정신 이상이 되어 '고향으로 돌아가자' '옛날로 되돌아가자'는 말만 입버릇처럼 되풀이합니다. 철호의 어머니는 이웃과 어울려 살아가던 공동체인 고향 마을로 되돌아갈 수 없는 절망적인 실향민의 처지를 나타내는 비극적 인물이라고 할 수 있습니다.

아내

철호의 아내는 E여자대학에서 음악을 공부한 인텔리 여성입니다(그녀의 이름은 나오지 않습니다). 10여 년 전만 해도 그녀는 흰 저고리 까만 치마를 입고 졸업 음악회에서 노래를 불렀고, 박수 소리가 그칠 줄 모를 정도로 아름답고 재능 있는 아가씨였지요. 그러나 극심한 가난으로 인해 싱싱하고 예쁜 모습을 다 잃어버립니다. 만삭의 몸은 마치 '둔한 동물'처럼 되어 버렸고, 벙어리가 아닌데도 말이 없습니다.

철호가 영호 때문에 경찰서에 다녀오는 사이에 그녀는 병원에서 아이를 낳다가 위독한 상태에 놓입니다. 철호는 명숙이 던져 주는 돈다발을 들고 병원에 도착하지만 이미 아내는 죽어 있었지요. 이 작품에서 그녀는 가난과 임신의 고통에 시달리다가 죽어가는 비극의 인물입니다. 그녀는 이미 새로운 생명을 잉태하고 있으면서도 현실에 절망하여 아무런 희망도 가지려 하지 않는 듯했고, 또 모든 의욕을 빼앗긴 듯했습니다. 철호의 아내 역시 전쟁으로 인한 피폐함과 굶주림이 난무하는 전후 한국 사회의 희생자일 것입니다.

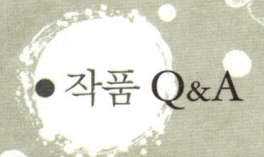

작품 Q&A

"선생님, 궁금해요!"

Q 철호네 가족은 월남민으로서 정말 궁핍하고 비참한 생활 때문에 고통을 받고 있는 것 같아요. 월남민은 어떤 사람인지, 또한 그들은 어떤 상황에 처해 있었는지, 좀 더 자세히 알고 싶어요.

A 우선 월남민이라는 집단이 어떻게 생겨났는지 살펴봐야 하겠지요? 월남민은 말 그대로 '1945년 해방 이후부터 1953년 전쟁이 끝날 때까지 북한 출신자로서 남한으로 넘어와 한국 국민이 된 사

람'이라는 뜻입니다. 대체로 북한 정권이 수립되었을 무렵에 토지 개혁의 실시로 땅과 재산을 몰수당하거나 친일파로 지목받아 북한에서 더 이상 살기 어렵게 된 사람들이 남한으로 이주했는데, 〈오발탄〉에 나오는 철호네 가족이 여기에 해당하지요. 한편, 중국의 참전으로 미국이 원자탄을 투하한다는 소문이 돌기도 했고, 실제로 막대한 공습이 있었기에 생명의 위협을 느끼고 6·25 전쟁 동안 월남한 사람들도 많았답니다. 이들은 머지않아 다시 고향으로 돌아갈 수 있으리라 기대했지만, 귀향의 간절한 염원에는 아직도 분단의 먹구름이 드리워 있습니다.

철호네 가족이 남한에서 정착한 해방촌은 말 그대로 '해방과 더불어 생겨난 마을'인데요, 월남민의 집단 거주지를 지칭합니다(최근 서울시는 2010년부터 2016년까지 남산에서 용산공원을 거쳐 한강까지 이어지는 녹지축을 조성하는 남산그린웨이 사업을 위해 해방촌을 철거한다는 계획을 밝혔다고 하네요). 북한 정권에서 해방되었다는 의미에서 월남민의 거주지는 해방촌이라는 이름을 얻은 것인데, 이 작품에서 보듯 해방촌은 궁색하고 초라한 동네였습니다. 진정한 해방과는 거리가 있다는 점에서 해방촌이라는 지명은 반어적인 의미를 갖고 있다고 하겠지요.

행정구역으로는 용산구 용산2동에 속하는 이곳은 1946년 무렵부터 월남민이 많이 살기 시작했다고 합니다. 남산의 산비탈을 도려내고 무질서하게 지어진 판잣집들이 다닥다닥 붙어 있는 곳이었지요. 더구나 골목 바깥까지 새어 나오는 어머니의 '가자!' '가자!' 하는 절규로 인해 해방촌은 더 암울한 분위기를 풍기고 있습니다.

본래 이곳은 일제 식민지 시대 때 조선신궁(일제가 한국 식민 지배의 상징으로 남산 중턱에 세운 신사) 터였다고 하니, 어떻게 보면 해방촌은 일제 식민지, 분단, 한국 전쟁 등 굴곡진 한국 현대사의 흔적을 고스란히 담고 있는 장소라고 할 수 있을 겁니다.

철호네 가족에게 이러한 해방촌은 낯설고 불편한 주거지입니다. 그 까닭은 물론 마구 버린 뜨물과 구공탄 재로 미끄럽고 지저분한 골목, "레이션 갑을 뜯어 덮은 처마가 어깨를 스칠 만큼 비좁은 골목" 때문이겠지요. 하지만 그보다는 이곳이 그들에게 고향에서 쫓겨난 사람, 중심에서 밀려난 주변인이라는 사실을 줄곧 상기시키기 때문이 아닐까요? 북한의 공산 정권으로부터 도피하여 자유를 얻고자 목숨을 걸고 남한으로 내려왔건만, 해방촌은 월남민에게 마음 편하게 정착할 수 있는 곳이 아니었습니다. 저녁만 먹으면 뒷산 바위에서 혼자 시간을 보내는 철호, 저녁마다 술에 취해 돌아오는 영호, 밤이 늦어서야 귀가하는 명숙 등 철호네 가족에게 해방촌은 결코 따뜻한 보금자리가 아닙니다. 한마디로 이 작품에서 해방촌은 철호의 어머니가 그러했듯 끊임없이 인정과 질서로 충만했던 고향을 떠올리며 탈출을 염원하게 하는 곳, 고향과는 정반대로 소외감만 안겨 주는 곳이라고 할 수 있습니다. 아울러 해방촌은 당시 모순과 부조리에 가득 차 있던 남한 사회의 부정적인 단면을 압축해 놓은 장소로 볼 수 있을 것입니다.

Q 이 작품에서 철호의 심리를 묘사하는 장면을 인상 깊게 읽었습니다. 각 장면의 묘사에 담겨 있는 의미를 풀어서 설명해 주세요.

A 우선, 〈오발탄〉의 첫 장면, 그러니까 퇴근 시간이 지났는데도 자기 자리에 멍청하니 앉아 있다가 사환 아이의 비질에 떠밀려 퇴근을 준비하는 철호의 모습부터 볼까요? 잉크가 묻은 손을 씻는 장면에서 철호는 펜대에 시달려 못이 박힌 오른손 장지 손가락에서 명주실처럼 풀려 나오는 잉크를 보고 "피! 이건 분명히 피다!" 하고 엉뚱한 생각에 빠집니다. 잉크는 파란색이고 피는 붉은색인데, 이렇게 대조적인 색깔을 띤 두 물질을 혼동한다는 것이 언뜻 이해가 되지 않습니다. 다만 자신의 손에서 흘러나오는 잉크를 보고 '분명히 피'로 보인다고 절규하는 철호의 내면이 몹시 지치고 피곤하다는 것을 엿볼 수 있습니다.

다음으로, 철호는 대야 밑바닥에 비치는 자신의 얼굴을 보고 "그 사나이는 얼굴의 온 근육을 이상스레 히물히물 움직이며 입을 비죽거려 웃고" 있었다고 합니다. 이런 묘사를 보면 철호는 자기 자신을 미워하는 듯하군요. 대야에 비친 자기 얼굴이 자신을 향해 기분 나쁘게 비웃고 있으니까요. 하지만 자기 자신에 대한 미움은 스스로에 대한 강한 연민의 또 다른 모습일지도 모릅니다. 마치 윤동주의 시 〈자화상〉에 나오는 '사나이'처럼 우물에 비친 자신의 모습에 대해 미움과 그리움을 동시에 느끼는 것이지요.

대야를 들여다보던 철호는 그 사나이(자신)를 원시인에 비유합니다. 가장 만만한 토끼조차 잡지 못하는 그 원시인의 손에는 보기에도 징그러운 짐승의 내장이 들려 있습니다. 자신을 미개한 원시인에 비유하는 것은 허겁지겁 오로지 배를 채우는 일에 허덕일 수밖에 없는 자기 자신에 대한 모멸감을 나타냅니다. 여기에 나오는 원시인은 야성적이고 원시적인 힘의 소유자나 동경의 대상과는 거리가 멀지요. 도리어 누군가 내다 버린 것을 주워 오는 비루한 존재입니다. 동생 영호에게는 양심과 윤리를 지켜야 한다고 말하지만, 사실은 궁핍한 생활 속에서 간신히 버티고 있는 자신이 한없이 초라하게 느껴지는 것입니다. 철호가 스스로를 자랑스러워하지 못하고 비웃음의 대상으로 여기는 것, 나아가 스스로를 미천하고 너절한 원시인에 비유한 것은 남한 사회에서 제대로 자리를 잡지 못한 월남민의 의식을 대변한다고 볼 수 있습니다.

이 작품에서 가장 주의 깊게 살펴야 할 것은 마지막 장면에 나오는 철호의 심리일 것입니다. 은행 강도로 잡힌 영호 때문에 경찰서를 다녀온 다음, 설상가상으로 병원에서 출산하던 아내가 죽었다는 것을 알게 된 철호는 정처 없이 헤매다가 치과로 들어가 충치를 뽑습니다. 원래 철호는 평소에 치통으로 골치를 앓고 있었는데 돈에 쪼들려 치과 진료를 못 받고 있었지요. 그런데 영호가 체포당하고 아내가 죽자 치과를 찾아가 한꺼번에 어금니를 두 개 다 빼 달라고 합니다. 그렇게 하면 출혈이 심해서 안 된다는 의사에 만류에도 불구하고 말이지요.

철호가 위험을 무릅쓰고 어금니를 한꺼번에 빼는 모습을 우리 같은 제3자가 오롯이 이해하기는 힘들지도 모르겠습니다. 아마도 한꺼번에 벌어진 여러 가지 문제에 심리적 중압감을 느낀 사람이 어떻게든지 그 상황을 벗어나고자 감행한 행동이 아니었을까 싶어요. 물론 그런 자해 행동으로 문제가 해결되지는 않습니다. "정말 갈 곳을 알 수가 없다. 그런데 지금 나는 어디건 가긴 가야 한다."는 독백을 하며 철호가 택시 안에서 피를 흘리고 졸음을 느끼다가 모로 푹 쓰러지는 마지막 장면은 삶의 지향을 잃어버린 그의 어지러운 마음을 잘 나타내고 있다고 할 것입니다.

Q 철호로 하여금 자신의 가치관에 대해 회의와 고뇌를 거듭도록 한 갈등은 무엇이었나요? 구체적으로 작품 속 인물들의 갈등 양상을 설명해 주세요.

A 〈오발탄〉에는 주인공 철호와 그를 둘러싸고 주변 인물인 가족이 갈등을 빚고 있습니다. 물론 그들 사이에 갈등이 일어나는 근본 원인은 전쟁이 몰고 온 비참한 현실 때문입니다. 사회적 분위기가 밝고 건전하다면 사회 구성원 사이의 갈등과 마찰은 그리 격렬하지 않겠지요. 하지만 무질서와 비리가 판치는 사회에서는 각 개인이 양심을 둘러싸고 격심한 갈등과 불화를 일으킬 것입니다.

우선 이 작품에서는 철호와 영호 사이의 갈등 관계가 가장 핵심적입니다. 양심에 따라 살 것을 주장하는 철호와는 달리 영호는 "양심이고 윤리고 관습이고 법률이고 다 벗어 던지고" 살아가자고 하는데요, 이는 양심을 지키기보다 강도짓을 해서라도 궁핍에서 벗어나야 한다는 말일 것입니다.

여기에서 잠깐 그들 형제의 에피소드를 살펴보지요. 좀 껄끄럽지만 담배 이야기인데요, 파랑새 담배를 꺼내 피우려는 철호는 담배가 반쯤 빠져나간 담배 양끝을 비벼 마는 것을 보고 영호가 빨간색 양담배갑을 내밀지요. 파랑새 담배는 1955년에 출시한 신제품으로 '파랑새'라는 이름에서도 알 수 있듯 전후 사회에 희망의 기운을

불어넣기 위해 탄생한 브랜드였어요(당시 전차 값이 25환인데, 파랑새 담배는 그 두 배인 50환이었다고 해요). 하지만 양담배에 비하면 필터도 없고 질이 떨어지는 담배였던 듯해요. 철호는 양담배 피우는 영호를 분에 맞지 않다고 보지만, 영호는 파랑새를 피우는 형을 궁상맞다는 듯 바라보지요. 결국 파랑새 담배와 양담배는 분수와 양심을 지키려는 철호와 양심보다는 물질적 욕망을 추구하려는 영호의 대조적인 가치관을 잘 보여 주고 있어요.

여기에서 자신의 가치관이 옳다고 믿으면서도 영호의 반박에 당당하게 맞서지 못하는 철호의 내면적 갈등이 중요합니다. 그만큼 빈곤이라는 현실의 무게에 짓눌려 있는 것이지요. 이 점이 바로 철호가 어디로 가야 할지 모르고 방황하는 이유를 말해 줍니다. 그렇다면 철호와 영호의 갈등을 통해 법률이나 관습, 양심에 따라 살아가는 것이 불가능한 상황에서 과연 그런 것들을 지키면서 살아야 하는가 하는 윤리적인 물음을 진지하게 되묻고 있는 것이야말로 이 작품의 의의라 할 수 있겠네요.

또한, 힘들더라도 양심을 저버리지 않고 생계를 꾸려야 한다는 철호와 남에게 손가락질을 받으면서도 가난을 벗어나기 위해서 양공주로 살아가는 명숙 사이에도 갈등이 존재합니다. 이들 남매의 갈등은 충분히 그려지고 있지 않지만, 이것 역시 부조리와 모순이 가득 찬 전후 사회에서 '양심'이나 '상식'이라는 가치와 그것이 통하지 않는 현실 사이의 갈등을 부각시키고 있습니다. 철호의 수입으로는 넉넉하게 먹고살 수 없기 때문에 명숙은 가족의 생계를 위해 어쩔 수 없이 몸을 파는 것인데도, 가장이자 오빠인 철호는 세상

사람들과 마찬가지로 명숙에 대해 사회적 멸시와 편견의 시선을 갖고 있는 것입니다.

한편, 철호와 어머니 사이에도 부차적인 갈등이 존재합니다. 아무리 철호가 삼팔선에 대해 설명을 해 드려도 어머니는 전혀 이해를 못하지요. 꽤 오랜 시간 삼팔선 없이 살아온 사람들은 어느 날 갑자기 "자, 이제 삼팔선 이남과 이북은 다른 나라가 되었으니까 마음대로 오고가서는 안 돼." 하는 명령을 받은 셈입니다. 게다가 전쟁을 겪고 난 뒤 삼팔선은 휴전선이 되었어요. 즉 단순한 군사적 분계선이었던 것이 전쟁을 거치면서 국경선 이상의 것, 즉 언제라도 전쟁이 재개될지도 모르는 '휴전의 국경선'이 된 것입니다. 한국과 비슷하게 분단 상태에 놓여 있던 동독과 서독의 베를린 장벽도 휴전선만큼 위협적이거나 단절적이지는 않았지요. 휴전선은 몇 겹이나 되는 콘크리트 장벽과 가시철망, 그리고 지뢰밭으로 얼룩진 국경선이니까요. 한마디로 철호와 어머니의 갈등은 민족 분단의 비극을 선명하게 나타내고 있다고 할 수 있습니다.

그런데 이 작품에서 재미있는 것은 철호나 영호 같은 남성 인물들은 꽤 많은 말을 토해 내고 있는 반면, 어머니, 명숙, 아내 같은 여성 인물들은 말을 거의 잃어버리고 자신의 이야기를 하지 않는다는 점입니다. 어머니는 실성하여 '가자!'라는 외마디 말밖에 하지 않고, 명숙은 말보다는 흐느낌으로 자신의 감정을 표현하며, 아내는 벙어리도 아닌데 말이 없습니다. 과연 이들 침묵하는 여성 인물들로부터 읽어 낼 수 있는 의미는 무엇일까요? 보통 전쟁에서 여성은 대체로 피해자라는 이미지를 풍기기 쉽습니다(물론 전쟁에 적극 협

력한 여성들도 많지만). 이 작품에 나오는 여성 인물들은 현실에 매우 소극적이고 연약하기까지 하여 전후 타락한 현실에 의해 희생당하는 역할을 맡고 있습니다. 그래서 갈등의 주체로 그려지기보다는 전쟁의 수동적인 주체라는 통상적인 여성의 이미지에 잘 들어맞는 듯합니다. 말을 잃는다는 특징은 그런 점을 단적으로 나타내고 있습니다.

Q 마지막 장면에서 택시를 탄 철호는 '가자!'라고 외치는 어머니의 환청을 들으며 정신을 잃습니다. 과연 이 대목에서 철호의 귀에 어머니의 외침이 들린 까닭은 무엇일까요?

A 철호의 어머니가 비록 정신 이상이 되어 현실을 객관적으로 인식하지 못하게 되었다고 해도, 어머니의 '가자!'는 분명 목적지가 뚜렷한 '가자!'입니다. 다시 말해 전쟁을 통해 몰락을 경험한 어머니가 절망감을 이기지 못하고 실성하여 간헐적으로 되풀이하는 절규가 향하는 곳은 그녀가 간절하게 돌아가고 싶어 하는 장소, 즉 전쟁이 일어나기 이전의 고향입니다. 물론 이것은 고향을 잃은 어머니가 고향을 그리워하는 것인 동시에 지주로서 누리던 풍족한 생활을 그리워하는 것이기도 합니다. 따라서 '가자!'의 지향점은 삶의 보금자리였던 고향일 뿐 아니라 풍요와 안정을 구가하던 옛날 생활이라고 할 수 있습니다. 사실 어머니의 '가자!'는 다른 가족이 겉으로 드러내지 않는 욕망을 대변해 주는 외침이기도 하지요. 왜냐하면 어머니 못지않게 철호네 가족 모두는 현재의 삶을 부정하고 그로부터 벗어나고 싶어 하니까요.

동생 영호가 강도 혐의로 경찰서에 잡혀가고 아내는 아기를 낳다가 죽은 상황에서 철호는 '앓던 어금니' 두 개를 모조리 빼 버립니다. 하지만 이 행위는 어떤 목적을 겨냥한 것이라기보다는 막다른 골목에 내몰린 사람의 몸부림에 가깝습니다. 따라서 그가 택시 안에서 해방촌, S병원, ×경찰서 등 행선지를 바로 대지 못하고 이곳저곳을 방황하는 것은 어쩌면 자연스러운 일입니다. 결국 철호가 정신을 잃으면서 환청으로 듣는 어머니의 외침 '가자!'는 도저히 '가자!'라고 외치지 못하는 철호의 상태와 상당히 대조적입니다.

철호가 갈 곳을 정하지 못하고 행선지를 횡설수설하는 것은 그의 절망적인 독백일 것입니다. 머릿속으로는 어떻게든 가장으로서 가족의 생계를 보장해야 한다는 책임을 떠맡으려 하지만, 자기의 힘으로는 도저히 어떻게 할 수 없는 거대한 현실의 벽 앞에서 책임을 다할 수 없다는 자책과 무력감에 빠져 그의 억압당한 의식은 한없이 움츠러듭니다. 이런 상태에서 심한 출혈로 정신을 잃어 가는 그의 귓가에 들려온 어머니의 외침은 그에게 어떤 탈출구를 암시하는 것처럼 보입니다. 어머니는 철호와는 달리 의식의 영역을 벗어나 무의식적으로 힘껏 자신의 욕망을 외치고 있으니까요. 따라서 어머니의 외마디 비명이야말로 바로 '조물주의 오발탄'이 되어 버린 철호의 처절한 외침을 대신한다고 볼 수 있을 것입니다.

Q 이 소설의 제목이기도 한 '오발탄'의 상징적 의미는 무엇인가요?

A 잘못 쏜 탄환이라는 뜻의 '오발탄'은 일상적인 용어는 아니지만, 전쟁과 연관이 깊은 이 작품과는 어쩐지 잘 어울리는 제목인 듯

합니다. 실성한 어머니, 양공주가 된 누이동생, 은행 강도로 나섰다가 체포당하는 남동생, 출산하다가 죽는 아내 등 이 작품의 인물들을 그야말로 총탄에 비유한다면 제대로 과녁에 맞지 않는 오발탄이 딱 맞을 테니까요. 이 작품은 오발탄과 같은 존재로 전락해 버린 월남 가족의 비극적 결말을 통해 남한 사회의 부조리와 폭력을 고발하고 있습니다.

하지만 그 누구보다도 이 작품에서 오발탄의 상징적 의미를 떠안고 있는 사람은 주인공 철호일 겁니다. 의사의 만류에도 어금니를 한꺼번에 두 개나 뽑는 자학을 저지르고 나서 스스로를 '조물주의 오발탄'이라고 조소하는 것을 보면, 그는 윤리, 법률, 양심을 지키며 살아가야 한다고 믿고 있으면서도 실은 어떻게 사는 것이 옳은지 회의하는 인물처럼 보입니다. 마치 양심을 지키고자 하는 행위가 결과적으로 아내를 죽음으로 내몰고 동생들을 나쁜 길로 이끌었다고 자책하고 있는 것처럼 보이니까요. 결국 철호가 '오발탄'이 된 결정적인 요인은 삶의 방향을 밝혀 주어야 할 양심이 무기력하고 의심쩍은 것이 되었기 때문인 듯합니다.

과연 '오발탄'이 되고 싶은 사람이 있을까요? 철호 역시 자신의 의지나 바람과는 전혀 상관없이 왜곡된 삶을 살아갈 수밖에 없기 때문에 오발탄 같은 존재가 되어 버렸을 뿐입니다. 다시 말해 시대 상황에 의해 뒤틀리고 왜곡된 삶을 살아갈 수밖에 없었던 것이지요.

이 작품의 마지막 구절을 다시 읽어 볼까요? "철호의 입에서 흘러내린 선지피가 흥건히 그의 와이셔츠 가슴을 적시고 있는 것은 아무도 모르는 채 교통 신호등의 파랑불 밑으로 차는 네거리를 지나갔다." 이 문장은 철호의 고통을 아무도 모르며 철호를 태운 차는 방향을 알 수 없는 네거리를 지나간다고 말함으로써 오발탄의 의미를 집약적으로 나타내고 있습니다. '오발탄'은 전후 한국사회의 부조리한 현실 속에서 자기 정체성을 찾지 못하고 방황하는 철호를 상징적으로 드러내는 동시에 양심적이고 성실한 시민이 '오발탄' 같은 존재가 될 수밖에 없었던 남한 사회의 현실을 강도 높게 비판하는 문학적 장치가 되고 있습니다.

❋ 더 읽어 봅시다 ❋

6·25 전쟁 이후에 맞닥뜨린 궁핍하고 비참한 현실과 삼팔선의 의미를 다룬 작품

이범선, 〈사망 보류〉_결핵으로 죽어 가면서도 자신이 죽은 뒤라도 아내가 생계를 꾸려나가는 데 도움이 되도록 곗돈을 탈 때까지 밭은 숨을 이어가면서 사망 신고를 보류하려 안간힘을 쓰는 주인공의 이야기를 다룬 작품이다. 생계 때문에 사망까지 보류할 수밖에 없다는 설정에는 당대 사회에 대한 풍자와 비판이 담겨 있다.

염상섭, 〈삼팔선〉_해방이 되자 신의주, 신막, 금교를 거쳐 남한으로 넘어오려는 피난민들의 여정을 그린 작품으로, 삼팔선을 넘는 고달프고도 위험에 찬 여정을 기록하고 있다.

이범선(1920 ~ 1982)

부조리한 전후 현실 속에서 휴머니즘을 추구한 작가

 월남민이 되어야 했던 가족사로 인해 누구보다도 삶의 보금자리를 박탈당하는 뼈아픈 고통을 맛보아야 했던 작가 이범선은 일제 식민지 시기, 해방과 분단, 전쟁으로 이어지는 수난의 민족사를 시대 배경으로 삼아 평화롭고 온화한 삶을 잃어버린 사회 현실을 조망한다. 월남민이란 북한의 공산주의 정권에 의해 토지며 재산 등 가진 것을 모두 빼앗긴 후에 목숨을 걸고 삼팔선을 넘어 남한으로 내려온 사람들을 말하는데, 분단 현실과 월남, 전쟁 후의 남한 사회 속에서 월남민은 물질적으로도 정신적으로도 처절한 고통과 소외감을 맛보아야 했다.

 북한을 떠난 월남민에게 남한 사회는 안온한 삶의 터전이 되어 주지 못했다. 부패와 불의가 판치는 남한 사회의 체험을 통해 이범선은 인간 본연의 모습을 뒤틀리게 하는 현실을 날카롭게 비판한다. 나아가 부정적 현실을 비판함으로써 인간으로서 되찾아야 할 진정한 가치를 혼신의 힘으로 추구했다. 그리하여 이범선에게는 사회를 강도 높게 고발하는 리얼리즘이나 휴머니즘 계열의 작품을 쓴 작가라는 평가가 늘 따라다닌다.

 이범선의 소설에 등장하는 인물 가운데는 지독하게 가난하고 무질서한 남쪽의 현실 속에서 냉혈한처럼 자신의 이익만을 위해 행동해야 살아남을 수 있는 환경에 적응하지 못하는 비극적 성격의 소유자가 적지 않다. 〈오발탄〉의 주인공 철호처럼 그들은 한편으로는 배를 곯는 무참한 궁핍 때문에 고통을 받으면서도, 다른 한편으로는 윤리와 양심에 기대어 비굴하거나 비열해지지 않도록 안간힘을 다하고 있다. 그러나 한 줄기 구원의 빛도 찾아볼 수 없는 비정하고 모순투성이의 현실에 가로막혀 그들은 한없는 절망과 비극의 구렁텅이로 내몰리고 만다.

그렇다면 극도로 어둡고 참혹한 현실 저편에는 어떤 구원의 빛이 있을까? 작가 이범선이 긍정과 희망의 가치로 내세우는 것은 바로 추방당함으로써 잃어버리고 만 그리운 고향이다. 그의 작품에서 고향은 단지 풍요와 안정을 구가했던 지나간 과거의 장소, 되돌아가고 싶은 안락함의 장소가 아니다. 도리어 고향은 지도 위에 그려진 구체적인 장소라기보다는 이범선이 추구하는 이상적인 가치가 구현된 상상의 장소이다. 그곳은 남북을 분단시킨 정치 이데올로기의 폭력성이나 관념성과는 무관하다. 불신과 증오로 서로를 죽이는 살벌하고 무참한 곳과는 정반대로 상호 신뢰를 바탕으로 따스한 인정을 나누는 공동체가 바로 고향인 것이다. 〈오발탄〉에서 어머니가 외마디 비명으로 돌아가자고 외치는 고향은 말할 것도 없고, 〈학마을 사람들〉에 나오는 학마을, 〈갈매기〉에 나오는 섬 등은 모두 이와 같은 고향의 이미지를 잘 드러내고 있다고 할 수 있다.

그의 작품에서는 고향에 대한 열망이 강하게 드러나면 드러날수록 고향이 담고 있는 긍정적 가치와 더불어 고향을 통해 질타하려는 부정적 가치가 두드러진다. 다시 말해 남한 사회에 만연한, 양심과 도덕을 외면하고 자기의 이익을 위해 아무렇지도 않게 남을 짓밟는 물질주의적 가치관을 신랄하게 비판하기 위해 그는 고향이라는 문학적 장치를 도입하고 있는 것이다. 요컨대 고향은 유토피아적 가치를 나타낸다. 고향은 월남민이 꿈이나 회상 속에서만 그리워하는 과거의 어떤 곳이 아니라 바로 바람직한 질서가 순조롭고 자연스럽게 통용되는 인간적인 사회를 가리킨다.

이범선 작품 세계의 특징으로서 가장 인상 깊고 매력적인 것은 전후 문학을 대표한다고 할 만한 〈학마을 사람들〉과 〈오발탄〉이 아주 상이한 경향을 보여준다는 사실이다. 〈오발탄〉이 현실을 고발하려는 의식이 강한 소설이라고 한다면, 〈학마을 사람들〉에서는 서정적인 분위기가 짙게 깔리면서 소박한 휴머니즘이 넘쳐흐른다. 이 두 가지 계열은 창작 시기나 단계에 의해 나뉜다기보다는 계속 병행적으로 나타나는데, 이는 창작 과정 속에서 작가가 지닌 문제의식이 시계추처럼 왕복운동을 했음을 드러내 준다.

〈학마을 사람들〉과 〈갈매기〉는 서정적이고 감성적인 작품에 속한다. 이런 경향의 작품에서는 급변하는 정세에 따라 카멜레온처럼 변모한다거나 귀족적인 취미나 대단한 학식을 뽐낸다든가 욕망을 좇아 과감하게 질서와 규율을 깨뜨리는 등 화려하거나 굴곡이 심한 인물이 나오지 않는다. 작중 인물의 대부분은 오래전부터 자연스럽게 존재했고 대대로 변함없이 전해 내려오는 질서에 몸을 맡기고 살아가는 순박하고 서민적인 일반 백성이다.

한편 암담한 사회상을 날카롭게 묘사한 리얼리즘 계열의 〈오발탄〉 같은 작품에서는 은행 강도짓을 벌이는 영호나 '양공주' 노릇을 하는 명숙처럼 인간의 보편적인 선(善)이나 양심보다는 욕망에 따라 움직이는 인물이 등장한다. 또한 인물들 사이에서 조화와 화해보다는 갈등과 다툼의 인간관계가 주로 나타난다. 또한 전자에서는 잃어버린 동경의 세계를 상징하는 장소가 직접 작품의 배경이 되는 데 비해, 후자에서는 어디까지나 고통과 갈등이 끊이지 않는 냉혹한 현실에 초점을 두고 있다.

하지만 이범선 작품 세계가 두 계열로 크게 나뉜다고는 해도, 양자가 철저히 대립적이기만 한 것은 아니다. 〈오발탄〉 계열에도 〈학마을 사람들〉 계열에도 휴머니즘이라는 공통의 주제 의식이 짙게 깔려 있기 때문이다. 휴머니즘은 인간이라면 누구나 지니고 있는 본성과 인간으로서 누려야 할 기본적인 권리를 바탕에 두고 인간다움을 존중하는 사상이다. 전쟁에서는 이데올로기적 대립을 앞세워 인간의 생명을 하찮게 빼앗곤 한다. 이범선의 작품에 깊이 뿌리내리고 있는 휴머니즘은 인간을 수단이나 물건으로 취급하는 경향이 횡행하던 전후 남한사회에서 진정한 가치를 추구하고자 한 작가의 진지한 문제의식에서 나온 결실이라 할 수 있다.

연보

1920년 _ 12월 30일, 평안남도 안주군 신안주면 운학리의 대지주 집안이면서 독실한 기독교 가문에서 부친 이계하와 모친 유심건의 5남 4녀 중 차남으로 태어남.

1933년 _ 신안주 청강보통학교를 졸업함.

1938년 _ 진남포 공립상공학교(5년제)를 졸업함. (재학 중 P중학교와 야구 시합이 있던 어느 해 가을, 기묘하게도 언제부터인가 학생들 모두 P중학을 응원하는 상황이 벌어짐. 진남포 공립상공학교는 일본인과 한국인이 함께 다니는 학교인 데 비해 P중학은 한국인만 다니는 학교였으며, 야구 시합에 출전한 진남포 공립상공학교 선수 중에는 한국인이 한 명도 없었기 때문임. 이 사건이 이범선의 민족의식을 일깨워준 계기가 되었다고 함.) 학도병에 끌려갈 수도 있다는 생각에 일본 유학을 포기하고 평양과 만주 등지에서 직장 생활을 함.

1940년 _ 척추병이 발병하여 20개월 가까이 투병 생활. 이후 장질부사로 죽을 고비를 넘김.

1943년 _ 신안주 금융조합에 근무함.

1943년 _ 10월, 홍순보와 결혼함.

1943년 _ 11월, 징용을 피하기 위해 부인과 함께 처남이 간부로 있던 평안북도 봉천 탄광에 가서 경리 업무를 봄. 그러나 결국 현지 징용이 되어 해방 직전까지 평안남도 개천군에 있는 무연 탄광에 있었음.

1945년 _ 해방과 함께 모든 토지를 몰수당함. 하루 사이에 싹 변해 버린 마을 사람들의 태도에 절망하여 고향을 떠나기로 결심함.

1946년 _ 단신으로 월남함. 이북 청년들과 '명동공제회'에서 기숙하면서 미군정청 통위부 촉탁으로 잠시 근무함. 곧 '금강전구'로 자리를 옮겨 회계과에 근무함. 동국대학교 전문부(문학부)에 입학함.

1947년 _ 가족이 월남하여 합류한 뒤 안암동에 사글세방을 얻음.

1948년 _ 연희대학교 교무과로 옮겨 사택에서 지냈으나 경제적으로 궁핍함.

1949년 _ 동국대학교를 졸업함.

1950년 _ 장남 근종(根種) 출생. 6·25 전쟁 발발 후 피난을 가지 못하고 서울에서 숨어 지냄.

1951년 _ 1·4 후퇴 때 부산으로 피난감. 거제도 장승포로 들어가 거제고등학교 교사로 근무하면서 문학가의 길로 들어섬.

1954년 _ 서울로 귀환함.

1955년 _ 대광고등학교 교사로 근무하면서 동대문구 답십리동 29번지 8호에 집을 마련함.
「현대문학」에 단편 〈암표(暗標)〉와 〈일요일〉이 김동리의 추천을 받아 등단함.

1956년 _ 「현대문학」에 단편 〈이웃〉, 〈달팽이〉를 발표함.

1957년 _ 「현대문학」에 단편 〈학마을 사람들〉, 〈미꾸라지〉, 〈수심가〉 등을 발표함.

1958년 _ 단편집 『학마을 사람들』(오리문화사)로 제1회 현대문학 신인문학상을 수상함.
「현대문학」 10월호에 〈오발탄〉을 발표함. (이 작품으로 대광고등학교를 사직했는데, 그 이유는 기독교 계통이었던 학교의 장로들이 작품 속 인물의 "난 아마도 조물주의 오발탄일지도 모른다."는 독백을 가지고 신의 권위를 부정하는 발언이라고 문제 삼았기 때문임)

1959년 _ 창작집 『오발탄』(신흥출판사)을 출간함.
1960년 _ 「새벽」에 〈태양을 부른다〉, 「현대문학」에 〈아내〉, 「세계」에 〈피해자〉, 「사상계」에 〈박사님〉 등을 발표함. 「현대문학」에 10월부터 1962년 9월까지 장편 〈동트는 하늘 밑에서〉를 연재함.
1961년 _ 〈삭풍은 불어도〉를 「부산일보」에 연재하며 처음으로 신문 연재소설을 시작함. (부산 피난 시절 부두에서 노동하던 때 느꼈던 절망감이 작품 창작의 바탕이 됨.)
〈오발탄〉으로 제5회 동인문학상 후보작을 수상함.
4월 13일, 영화 〈오발탄〉(유현목 감독) 개봉함. 그러나 "가자!"라는 외침이 이북을 가리킨다거나 상이군인이 부정적으로 묘사되었다거나 사회 비판이 심하다는 이유로 상영 금지 처분을 받음. 1963년 샌프란시스코 영화제 본선에 진출하면서 영화 〈오발탄〉은 상영을 허가받음.
1962년 _ 〈오발탄〉으로 제1회 오월문예상 장려상을 수상함. 한국외국어대학교 전임 강사로 취임함.
1963년 _ 세 번째 창작집 『피해자』(일지사)를 출간함.
1964년 _ 「국제신보」에 〈밤에 피는 해바라기〉를 연재함.
1970년 _ 10월, 「월간문학」에 〈당원의 미소〉를 1975년 12월까지 5년 동안 연재함. (1964년부터 1970년까지 13편에 이르는 장편을 신문이나 잡지에 연재함.)
월탄문학상을 수상함.
1968년 _ 수필집 『오늘 이 하루를』(대한기독교계명협회)을 출간함.
1969년 _ 『동트는 하늘 밑에서』(국민민고사)를 출간함.
1970년 _ 〈청대문집 개〉로 제5회 월탄문학상을 수상함.
1972년 _ 네 번째 창작집 『분수령』(정음사)을 출간함. 15편 중에 〈학마을 사람들〉만 재수록한 작품임.

1973년 _ 「신동아」에 단편 〈쓸쓸한 이야기〉를, 「현대문학」에 〈하늘엔 흰 구름이〉를, 「여성동아」에 〈금잉어〉를, 「문학사상」에 〈삼계일심(三界一心)〉을 각각 발표함. 한국외국어대학 부교수로 부임함.

1975년 _ 수필집 『전쟁과 배나무』(관동출판사)를 출간함. (그러나 이 책은 제목과 출판사만 바뀌었을 뿐 내용은 『오늘 이 하루를』과 동일함.)

1975년 _ 한국문화예술진흥원에서 발간한 『민족문학대계』 1권에 유현종, 정을병, 오유권과 함께 참여하여 유일한 역사소설인 장편 〈동명왕〉을 발표함.

문인협회 이사로 선출됨.

1976년 _ 창작집 『표구된 휴지』(관동출판사)를 출간함. 장편 〈춤추는 선인장〉과 〈금붕어의 향수〉를 묶어서 문리사에서 출간함.

1978년 _ 「현대문학」에 〈흰 까마귀의 수기〉를 연재함. 장편 『검은 해협』(태창문화사)을 출간함.

1979년 _ 『흰 까마귀의 수기』(여원문화사), 『현대문장 작법』(박영사)을 출간함. (작가는 평소에 정확한 문장의 사용 능력을 강조했음.)

1980년 _ 『당원의 미소』(명성출판사)를 출간함.

1981년 _ 「문학사상」에 〈별과 코스모스〉를, 「한국문학」에 마지막 작품인 〈미친 녀석〉을 발표함. 이때부터 작가는 노년기의 삶과 죽음에도 관심을 기울이기 시작함.

대한민국예술상을 수상함. 예술원 정회원으로 임명됨.

교환 교수로 강원대학교에서 근무함.

1982년 _ 『두메의 어벙이』(홍성사)를 출간함. 한국외국어대학을 사직하고 한양대학교 인문대 학장으로 옮겼으나 공식 임기를 시작하기 이틀 전에 뇌일혈로 쓰러짐. 끝내 회복하지 못하고 3월 13일에 사망함. 경기도 용인군 모현면 용인공원묘지에 안장됨.